JN100146

D+

dear+ novel

ougon no alpha to kindan no kyūaikekkon・・・・・・・・・・・・・・・・・・・・・・

黄金のアルファと禁断の求愛結婚

ゆりの菜櫻

新書館ディアプラス文庫

黄金のアルファと禁断の求愛結婚

contents

illustration：カワイチハル

黄金のアルファと
禁断の求愛結婚
OUGON NO ALPHA TO
KINDAN NO KYŪAIKEKKON

◆ プロローグ ◆

窓から零《こぼ》れ落《お》ちる陽光の粒《つぶ》が、白いシーツの上を踊る。時々ゆらゆらと揺れるその木漏《こ》れ日《び》に、セインは双眸《そうぼう》を細めると、首筋に吐息が当たった。

「目が覚めたか？」

アルヴィスの甘い声と共に、セインのうなじに唇が寄せられる。そこは、もしオメガなら噛まれないようにと気を付けなければならない聖なる場所だ。もちろんセインはアルファなので、まったく関係ないが。

後ろからきつく抱き締められ、再び目を閉じる。アルヴィスの肌に直《じか》に触れ、今抱かれたばかりだというのに、セインの下肢《かし》にじわりと熱が集まった。そんなセインの耳朶《じだ》を唇に咥《くわ》えながら、アルヴィスが囁く。

「まったく……アルファにあるまじき色気だな、セイン」

「お褒《ほ》めにあずかり光栄だ。だが君もだらしないオーラが出っぱなしだが？」

セインの言葉に彼が喉を鳴らして笑った。

「お前を目にして、私も少し落ち着きがないな。今日はこのまま授業を休むことにしないか？　お前もこんな色っぽいフェロモンを出して講義に出たら大変だ」

「君がしつこいからだろう？」

後ろへ振り返り睨《にら》みつけると、彼が意地悪げに笑みを浮かべた。

「その通りだ。私がしつこいからだ」

そう言いながら、彼の手がセインの前を弄《いじ》ってきた。その手を軽くパシッと叩いて悪戯《いたずら》を止《や》めさせる。

「痛いな、セイン。人をさんざん誘惑しておいて、お預けか？」

色香に溢《あふ》れる赤い瞳に見つめられ、セインの心が切なさに揺れる。

だがもう引き延ばすことはできない――。

彼に癒《いや》され、そして守られた温かい平和な時間を手放さなければならない時期が来ていることを、セインはもう随分《ずいぶん》前から知っていた。

アルファとアルファ――。

そしてやがて国王となるだろうとされる第一王子同士――。

王立アカデミー卒業と同時に捨てて行かなければならない感情を、セインは未《いま》だに抱《かか》え、しがみついている。

だが、

「アルヴィス」

「ん？」

彼のけだるい声を聞くのも今日が最後だ。

「来週は卒業式だ」

「そうだな」

何でもないように答える彼は、自分たちの将来などあまり真剣に考えていないのだろう。いや、『将来』という観念もないのかもしれなかった。所詮《しょせん》、アカデミー内で適当に熱を発散できる手っ取り早い相手同士だったのだから。

「――アカデミーを卒業したら、君との付き合いはおしまいだ」

思った以上の冷静な声色に、セインは内心安堵《あんど》した。

彼に何も悟られたくない。そう思って感情の籠《こも》らない目でアルヴィスを見つめていると、彼のセインを抱き締める手が僅《わず》かに緩《ゆる》む。その隙にセインは彼の腕から逃げ出し、上半身を起き上がらせた。そしてシーツに横たわった美しい黒髪の男を見下ろす。

「今後は一国の王族同士、お互い、笑みを浮かべ合うだけの薄っぺらい関係にしよう、アルヴィス」

◆
Ⅰ
◆

「あぁ……リシェルが結婚してしまった」

カミール王国の第一王子であり、先日王太子になることが決まったセイン・ハリー・ローデライトは、『光の女神に讃《たた》えられし美しき青年』と呼ばれる容貌《ようぼう》を惜《お》しげもなく歪《ゆが》めた。

それも当然のこと。大切で大切で、目の中にも入れても全然痛くない、むしろもっと入れてくれと懇願《こんがん》したくなるほど可愛《かわい》い末の弟、リシェルがいけ好かない男と結婚してしまったのだ。

一歳違いの二番目の弟、レザックが王立アカデミー卒業後、すぐに魔法塔へ行ってしまったこともあり、セインの癒しはアカデミー卒業後も王宮に留まっていたリシェルだけとなっていたというのに、だ。

アカデミーを卒業して五年。セインの周囲は少しずつ変化してきている。変わらないのはセイン自身だけかもしれない思うほどだった。

「リシェルが足りない……」

王太子に決まる前から父王に付き添いながら王政に従事し、日々忙しく公務をこなすセインは、執務室で書類に埋もれながら溜息を吐《つ》いた。

昨日、リシェルの結婚式が終わり、次はいよいよ来年、自身の立太式が行われる。そうなってくると王太子妃の選定が本格的になるのは目に見えていた。

リシェルが『黄金のオメガ』なら、私は別に結婚しなくてもいいんじゃないか――？

などと、つい現実逃避したくなる。

黄金のオメガ――。

オメガの王子の通称であるが、その王子が産む子供は、必ず最強のアルファになると言われていた。遥か古《いにしえ》の時代からカミール王国に受け継がれている言い伝えだ。そしてその言葉通り、オメガの王子が産む子は歴代屈指の名君となってきた。

例えば、次期国王セインの子供がたとえアルファに生まれついたとしても、リシェルが産む子供のほうがよりアルファの能力に優《すぐ》れ、王太子になる可能性が高いということだ。

別の言い方をすれば、セインは子供をつくる必要がないので、一生独身でも問題がないということにもなる。

「可愛いリシェルとレザックがいるなら、それで満足なんだが……」

つい本音が口から零《こぼ》れると、執務室のドアがノックされた。

「兄上、レザックです。入ってもよろしいですか？」

「ああ、入ってくれ」

返事をするとすぐに弟、レザック・ソード・ローデライトがドアから顔を覗かせる。第二王子の彼は、魔法塔に務める大陸屈指とまで言われている優秀な魔法師でもあった。

「そろそろリシェルとのティータイムですよ。仕事に切りをつけてくださいね」

普段は魔法塔で魔法の研究をしているが、今日はリシェルの新婚旅行前に皆でティータイムを過ごすことになっていたので、わざわざ王宮までやって来たのだ。

セインは目の前の書類にサインをしながらぼやき始めた。

「あのクライヴとかいう男、本当にリシェルに相応《ふさわ》しいかどうか、今日、見極めてやろうじゃないか」

「兄上、今更《いまさら》ですよ」

「フン」

事前に取り寄せた報告書では、あの男の欠点が探し出せなかった。たぶん調査員の怠慢《たいまん》だろう。リシェルに相応しい男がそうそう簡単に見つかるわけがない。

「兄上、いい加減に認められたらいかがですか？」

レザックに呆《あき》れたように言われるが、認められないのだから仕方がない。

「では、レザック、お前はアレを認めるのか？　アレはリシェルの覚醒前《かくせいまえ》には伴侶《はんりょ》候補にも入っていなかった男なんだぞ」

「アレではなく、せめて名前で呼んであげてください。私たちの義弟《おとうと》ですよ」

「フン、アレはアレだ。アカデミー時代からの親友とは言っていたが心配だ。叩けば埃《ほこり》が出る身に決まっている。万が一、リシェルが辛《つら》い思いをしたらどうする？」

「確かにクライヴ殿はアカデミー時代から優秀だとは聞いていますが……そういう人間に限って、という話も無きにしも非《あら》ずですし」

「はぁ……残念だがリシェルにはまだ伴侶を見極める目がない。私がアレにしっかり釘《くぎ》を刺してやらなければ。大体、いい加減な男に可愛いリシェルを嫁《よめ》にやれるものか」

「兄上、リシェルはもう嫁になっていますよ」

「う……認めたくないというのに」

セインがぼそぼそと言うと、レザックは苦笑した。


「待っていたよ、クライヴ殿、リシェル。さあ、二人ともこちらに座って」

セインは滅多《めった》に手に入らない特別な紅茶と、スコーン用にリシェルの大好きな銘柄《めいがら》『タジール』の蜂蜜《はちみつ》を用意して二人を迎えた。

昨夜は初夜だったため、リシェルがどこか物憂《ものう》げな様子であるのに気づき、セインは青筋を立てつつ笑みを浮かべた。

「無事に『つがいの儀式』も済んだそうだな。私たちのリシェルが他の人間のものになったのは悲しいが、リシェルがもう発情期に苦しむことがないと思うと、クライヴ殿に感謝しないとならないな」

「もったいないお言葉です」

何とも嘘臭《うそくさ》い笑みを浮かべて答えてくる男を、セインは双眸《そうぼう》を眇《すが》めて見つめてやった。

「クライヴ殿には、煩《うるさ》い小舅《こじゅうと》の我々二人がいるから、いろいろ大変かと思うが、今後ともリシェルと仲良くし、幸せにしてやってくれ」

「必ずやご期待に添いたいと思います」

クライヴの言葉にリシェルが嬉しそうに頬を染めるのが気に入らず、セインはつい本音を口にしてしまった。

「まあ、離婚してくれるなら、それはそれで歓迎だがな。特別にクライヴ殿には何も罪《つみ》を問わずに受理してやろう」

途端、リシェルとクライヴが笑顔を引きつらせるが、レザックが慌てて間に入ってセインを諌《いさ》める。

「兄上、冗談に聞こえませんよ」

「そうか？　すまないな。まあ、半分は本音だからかな」

「兄上、そういうことばかり言われていると、リシェルに嫌われますよ」

「き、嫌われる……」

思わぬ伏兵《ふくへい》に、セインは固まってしまった。まさかレザックがそんなことを言ってくるとは思ってもいなかったのだ。

レザック、お前はクライヴの味方なのか――！

隣に座るレザックを睨みつけると、彼からさらに追い打ちを掛けられた。

「そういえば、兄上こそ、リシェルの結婚式も終わりましたし、そろそろ伴侶を決めなければならない時期ですよね」

どうして今、ここでその話を振るんだ、レザック――！

顔では優雅な笑みを浮かべているが、内心はレザックの両肩を摑んで揺さぶりたい気分になった。仕方なく適当に嘘を交《まじ》えて答えていると、リシェルが口を開く。

「やはりシャンドリアン・ジア・ロレンターナ侯爵令息ではないんですね。父上からシャンドリアンを含めて五名ほど王太子妃候補者がいるとお聞きしていますが、まだ決まっていないと言われていましたし……」

「シャンドリアンは私の後輩というだけで、王太子妃になる予定は今のところない。実は二人で秘密の取引をしているのさ」

彼とセインとは恋愛関係になく、お互いの利害が一致して、多くの制約があるセインのファーストダンスのパートナーを引き受けてもらっているだけだ。

本当はシャンドリアンとそんな取引をしなくとも、すぐに結婚相手を見つければ済む話であることは充分にわかっているが、どうしても結婚することに抵抗を感じてしまうので、この取引を続けている。すべてはあの男のせいだった。

セイン――。

急に聞き慣れた甘い声が脳裏に響き、セインの心臓が爆《は》ぜる。それと同時に、赤い瞳をした男の顔が浮かび上がった。

「――そうだったんですか」

リシェルの納得した声が耳に届き、セインは一瞬で我に返る。慌てて脳裏に浮かんでいた男を掻《か》き消《け》した。そしてそのまま何でもないように装い、今後の考えを二人に告げる。

「王太子妃を選定するのに、私もそろそろ実際に一人ずつ候補者と顔合わせをしないとならない時期になってきた。そうなると、必然的にシャンドリアンとダンスをする機会も減ってくるだろう。彼との取引もそろそろ終わりだ」

王太子妃候補の選定もまた一つ段階が上がる。こんな時間稼《かせ》ぎなどせずに、さっさと結婚相手を決めればいいとわかっているのに、決めることに躊躇《ちゅうちょ》する自分がいた。

リシェルがいるから必要ないと、大義名分をその胸に抱《いだ》き、近い将来伴侶を決めなければならないという現実を見て見ぬふりをしている。こんな自分にも嫌気が差していた。

もう卒業して五年も経《た》っているのに、まだ未練があるのだ。あの男に。

「セイン兄上、シャンドリアン殿を王太子妃に選ぶ予定は、最初からまったくなかったという意味で受け取ってもいいんですか？」

「まあ、そういうことだな」

何でもないことのように言うと、リシェルが酷《ひど》く驚く。

「えっ!?　では、他の誰かに妃をお決めになったということですか？」

リシェルの声に、セインは一つの考えが閃《ひらめ》いた。

そういうことにしておけば、皆にあまり結婚をせっつかれることもないかもしれない……。

ふとそんな考えが脳裏を巡《めぐ》り、セインはさもそれらしく声を潜《ひそ》めた。

「まあ、ここだけの話にしておいてほしいが、実は決めている」

途端、弟二人とクライヴが固まった。皆がセインに意中の人がいるとは思っていなかったようだ。これに乗じてセインが適当に嘘を混ぜて説明し始めると、徐々にリシェルの表情が曇《くも》ってきた。

「実は父上から、兄上の妃《きさき》の選定に協力するように言われております」

「ああ、リシェルは黄金のオメガだからな。わかっている。私の次の国王はお前の子供がなる可能性が高いことを理解している花嫁を選ぶようにするつもりだ」

「ありがとうございます……。でも、僕は兄上にも心から好いた方と結婚していただきたいと思っています。僕ばかり好きな人とさっさと結婚してしまったので……」

「好きな人……」

リシェルの隣でクライヴが嬉しそうに頬を紅潮させて反芻《はんすう》する。セインは思わず舌打ちをしそうになったが、どうにか笑顔を保った。

クライヴ、許すまじ――。

そう思いながら、にっこりと笑う。

「リシェルが後ろめたい気持ちを持つ必要はないさ。それに私はお前のお陰で王太子妃選びにおいて恩恵を受けているんだ」

「恩恵？」

「お前が優秀なアルファを産むことはわかっているから、私自身は子をなさなくても済むということだ。言い方を変えれば、どんな相手でも王太子妃にできる」

ただ、愛する人を伴侶に迎えることができないだけだ。

「え？　兄上、子をなさないって、どういうことですか？」

リシェルが慌てて聞いてきたが、セインは話の矛先《ほこさき》をクライヴに向けた。可愛いリシェルを預けるには、まったく信用ならない男だ。

「そういえばクライヴ殿、明日からのレスタニア地方へ行く新婚旅行のことだが、リシェルをよろしく頼むよ。弟は案外、自分が無理をしていることに気が付かない子でね。少々心配なんだ」

小首を傾《かし》げて、誰をも魅了する笑みを浮かべるが、クライヴには通用しないようだ。彼も不敵に双眸を細めた。

「それは重々にわかっております、殿下。お任せください」

「私のほうがリシェルのことをよくわかっているから心配なんだ。獣《けもの》は森の中だけにいるとは限らないからな、義弟殿」

「獣などおりませんよ。それに私も充分にリシェルのことは理解しておりますので、ご心配には及びません。わざわざ気にかけてくださってありがとうございます、義兄上殿《あにうえどの》」

お互い、笑みを浮かべながら睨《にら》み合《あ》うという器用な表情で向かい合う。

可愛げのない男だ。やはりアルヴィスといい、黒髪の男はよくない。

そう思いながらクライヴの顔から、可愛いリシェルの顔へと視線を移したのだった。


リシェルたちとティータイムを過ごした後、セインは父王の用事を済ませ、更に宰相《さいしょう》たちとの夕食を兼ねての会議に参加し、深夜になってようやく解放された。そしてどうにか午前零時《れいじ》になる前に私室へと戻った。

「殿下、何か軽食でもお持ちしましょうか」

側近の一人に声を掛けられるが、セインは片手を上げて、それを制した。

「いや、いい。少し疲れたから一人にしてくれないか」

「畏《かしこ》まりました。何かありましたら、すぐにお呼びください」

セインは通常、三名の護衛騎士と二名の側近を帯同している。護衛騎士は部屋のドアの前で待機しており、側近も呼べばすぐ来るようになっていた。

セインは側近が部屋から出ていったのを見届けてから、窓に目を遣《や》る。そこに誰かに見られたら問題になる人物が隠れているのに気付いていたからだ。

「……早く出て来い」

セインの声に、カーテンの陰から一人の男が現れた。アルヴィス・ザクト・ラティス。マスタニア王国第一王子であり、次期国王と言われる優秀な男だ。

王立アカデミーを卒業して五年。あれからベッドを共にすることはないが、時々、こうやってセインの許《もと》に顔を出すという、おかしな関係がまだ続いている。

「何だ、気付いていたのか」

不法侵入だというのに、まったく悪びれることもなく堂々としていた。

艶《つや》やかな漆黒の髪に、二重で甘い印象を受ける瞳は、最高級のルビー、ピジョンブラッドのような深く赤い色で、その双眸を細めるだけで色香が倍増する代物《しろもの》だ。

「気付いていたのかって……君、気配をわざと消さずにいただろう」

「フッ、早くお前に気付いてほしくて、ちょっとアピールしすぎたかな?」

「何が、アピールしすぎたかな、だ。大体、安易に転移魔法なんて高度な魔法を使うな」

どんな魔法師でも、王宮に侵入するのは不可能に近い。だがこのアルヴィスの魔法力は、それを可能にできる相当高いレベルにあった。もちろんその魔法を発動させるためには、内通者がいなければ無理なのではあるが。

「そう言いながら、私のために転移魔法の徴《しるし》を置いておいてくれる誰かさんがいるからな」

意味ありげな言葉にセインが目を眇《すが》めると、アルヴィスがペンを持ち上げる。それはアカデミー時代に彼がセインにプレゼントしてくれたものだった。いつもセインがそっと引き出しにしまっているのだが、そのペンにはアルヴィスの徴が入っている。

その徴がある場所だったら、アルヴィスの魔法力なら、結界を無理やりこじ開けてでも転移魔法が使えることを、セインは知っていた。

そう――――、セインは知っていて、このペンを自室に置いているのだ。それは、アルヴィスがこの部屋に転移してくるのを承認しているようなものだった。いわばセインが内通者だ。もちろんこの部屋には外部に漏れて困るものは何一つ置いていない。

「処分しようと思って、すっかり忘れていた。そもそも君がまた来るとは考えてもいなかった」

そんな言い訳が彼に通じるかどうかわからないが、セインは嘯《うそぶ》く。案の定、彼がにやりと笑った。

「お前が私にどんな態度を取ろうとも、私への愛を感じずにはいられないのは、どうしてだ？セイン」

「君の自惚《うぬぼ》れが強いということだろう？」

「そうとも言うかな？　だが私は確証のないことで、自惚れたりはしない」

彼の視線に熱を感じるが、セインはわざと気付かぬ振りをして視線を逸《そ》らした。だが、アルヴィスは言葉を足した。

「私のことを本気で追い出したいのなら、お前にはその力がある。それをしないのはどうしてだ？」

「それ以上言うと本気で追い出すぞ、アルヴィス」

「やっと名前を呼んでくれたな、セイン」

アルヴィスがすぐさま間を詰めてきて、セインの手首を摑んだ。セインは再び彼の瞳を見つめ返した。赤い瞳に取り込まれそうになるのを必死に耐える。

「アルヴィス、君が私から何を聞きたいのか、わからないでもないが、私を追い詰めたとしても、君の望む答えは口にはしないぞ」

「……頑固だな」

「それは認める」

素直に認めると、アルヴィスが苦笑した。

「はっ……、まったくお前は私の意のままにはならないな」

「意のままにしたい人間が必要なら他を当たってくれ」

「意のままにならなくても、お前がいいと思う私の趣味に、ケチをつけないでくれないか？」

そのまま握っていたセインの手首を持ち上げると、そこに唇を寄せた。途端、セインの背筋に甘い痺《しび》れが走る。

「……っ、そういうキザなことはやめてくれないか」

「愛情表現の一つだが？」

彼が器用に片眉だけ上げて、セインの顔を覗き込んでくる。本当に顔のいい男は厄介《やっかい》だ。そんな仕草だけで様になるのだから堪《たま》ったものではない。

「私に君の愛は必要ない。無駄に振り撒《ま》くな。愛の重さが軽くなるぞ」

「軽くなるって……酷いな。久々に会えたのに。五年ぶりくらいだろう？」

五年前、王立アカデミーを卒業してすぐに転移魔法で遊びにやって来たアルヴィスを、セインは早々に追い返したことがあった。その時に、彼の徴の入ったペンも処分しようとしたが、どうしても処分できなかった苦い思い出が蘇《よみがえ》る。当時、セインにもアルヴィスに対して捨てきれない恋情が残っていることが、ありありと証明された出来事だった。

「そうだったか？　で、今日、ここへわざわざ来た用件は何だ？」

「用事がないと来てはいけないのか？」

「当たり前だろう。私も君も国務に追われて忙しいはずだ」

目を眇めて睨みつけると、アルヴィスが降参したかのように深い溜息を吐く。

「四日後の建国祭に間違いなく来るように、お前に念を押しに来た」

マスタニア王国の国内行事、建国祭が一週間ほど行われるとのことで、国内外で親交のある王族や貴族が招待されるのだ。カミール王国からは代表でセインが招待されていた。マスタニア王国の第一王子であるアルヴィスと親友だと周知されているからだ。

アカデミーでよくつるんでいたのを、誰もが知っているのだ。

そんな状況の中、どう断ろうかとセインが悩んでいるうちに、招待主のほうが来てしまった。

「私は忙しいからレザックを代わりに……」

「認められないな。それにカミール王国の国王陛下には、セインを参加させるというお言葉を先日書簡でいただいている」

相変わらず用意周到な男だ。

「……父上を攻略したのか?」

そう問うと、彼が意味ありげな笑みを浮かべる。

「攻略しただなんて、言葉が悪いな、セイン」

「……したんだな」

アルヴィスはセインのアカデミー時代からの友人である上に、カミール国王の前ではいつも大きな猫を被《かぶ》っているので、父王の受けもいい。

「陛下の書簡にも、息子をよろしくと書かれてあったな」

最後の駄目押しとばかりにそんなことも告げられ、セインは顔が歪みそうになるのを堪《こら》えた。そんなセインの前を横切って、アルヴィスが勝手にカウチに座り、その長い脚を優雅に組んだ。

「お前が来てくれるのを楽しみにしている」

「君の国の建国祭だろう？　別に私が行かなくてもいいじゃないか？」

「まあ、お前に、というかカミール王国の王族の誰かに建国祭へ参加してもらうことには、私の父の思惑《おもわく》もあるんだけどな」

セインはその言葉から大体のことを察する。マスタニア王国には、今、政治的な問題が持ち上がっていた。『聖なる光の民』と名乗る反王政組織の台頭だ。

アルファというバースが人類の最高峰とされてから、既に時が久しい。だが一部の人間はバースによる選別を受け入れず、魔法力の強い人間こそが至高の存在だとする集団を作り上げた。それが『聖なる光の民』であり、バースに関係なく魔法力の強い者が集まった組織である。

確かにそういう考え方を持つ人間は、大陸中に散らばっているが、反王政組織にまでなっているのは、マスタニア王国に拠点《きょてん》を置く『聖なる光の民』だけだった。他の国では、あくまでも思想の一つであり、王政の転覆《てんぷく》など考えず、今現在のそれぞれの権力を受容するくらいだ。

「なるほど……。平和で豊かな国、カミール王国から王族を迎えることで、君の国や王家が安《あん》泰《たい》であることを周辺諸国に誇示《こじ》したいというところか？」

セインの父もマスタニア王国の思惑に気付いているはずだ。だが父自身がマスタニア国王の親友なのもあり、協力することにしたのかもしれない。

「そういうことだ。結局は祖父のツケを父と私たちが支払わされているんだがな」

祖父——。アルヴィスの祖父、マスタニア王国の先王は、バースによる差別意識が強い王であった。

確かにアルファは優秀である。しかしながら努力を怠《おこた》ったアルファは、時に努力を重ねたベータに劣《おと》ることがある。

だがマスタニアの先王はアルファのみを重用し、どんなに腕の立つ剣士であろうが、良策を講じる忠臣であろうが、アルファでなければ辺境へと左遷《させん》した。魔法師も然《しか》りだ。アルファでない限り、魔法力の伸びしろはないと判断され、査定時にアルファの人間よりも魔法力が高かったとしても、アルファでなければ魔法省の要職に就くことはできなかった。

マスタニア王国の王都はアルファが守り固める至上の地。アルファのエリートの中のエリートがマスタニア王家なのだと先王は豪語したのだった。そのため自分の血筋であろうともベータであれば虐《しいた》げ、そしてオメガであれば平然と子供を産むだけの人材として差別したのだ。

その結果、優秀な人材が王都から流出し、国の中枢《ちゅうすう》機関が慢性的な人員不足に陥《おちい》った。アルファはオメガの次に覚醒率《かくせいりつ》が低いバースだ。圧倒的な数を占めるベータを国の中枢から排除することは、国力を落とす一因となった。

そういう背景から、先王の時代に王政に不満を持つ人間が多くなり、やがて『聖なる光の民』

という組織が反旗を翻《ひるがえ》した。

先王が崩御《ほうぎょ》し、アルヴィスの父親が王位に就いてすぐに従来の人事制度に戻したが、時は既に遅し。多くの人間から不信感を抱かれるようになってしまっていた。そして『聖なる光の民』は本格的にマスタニア王政の転覆《てんぷく》を掲《かか》げた組織へと変わっていったのである。

「それで実際、今の君の国はどうなっているんだ？　きちんと反王政組織を制圧しているのか？」

「一年ほど前に、幹部の一人とされている男の身柄《みがら》を拘束《こうそく》してからは、組織も大人しくなっている」

ということは、ここ一年は平穏だということだ。

「父は建国祭を利用して、各国が抱くマスタニア王国への不安を、大々的に払拭《ふっしょく》したいようだ。治安が悪いと思われて外国の商人たちに避けられ続けては堪らないからな」

物流が滞《とどこお》りなく回らなければ、国の活気も戻ってこない。外国からの商人の出入りも国力を上げる重要な要素の一つだ。

「そういう状況なら、招待客としては、我が国屈指の魔法力を持つレザックのほうが適任だと思うが？」

最後の悪足掻《わるあが》きで、セインはレザックを推薦《すいせん》するが、アルヴィスは首を横に振った。

「お前でないと駄目だと言っている」

そう口にして、セインの唇にキスをしようとした。だが、

「アルヴィス、やめろ。君とはキス一つしないと決めている」

セインはきっぱりとアルヴィスを拒否すると、彼も無理強《じ》いすることなく、セインから離れた。

「お前は冷たいな」

アルヴィスが恨《うら》めしそうに呟くが、セインはそれを睨んで制する。

冷たくなどない――。

アルヴィスはほぼ王太子になることが決まっている。そしてセインもリシェルがオメガに覚醒したこともあり、予想通り王太子に決まった。

国の将来を担う第一王子である二人が、恋愛を軸《じく》にして交わる道筋はもう未来にはない。

これ以上相手に、いや自分にも期待させないように、友人として適度な距離を保つことの、どこが冷たいのだろうか――。

「私が冷たいというのなら、君は残酷《ざんこく》な男かもしれないな――」

怒りに任せてきつい言い方をすると、彼の表情が僅《わず》かに曇る。

彼と一緒にいると、正しいことをしているはずなのに、セインばかりに罪悪感が募《つの》るような気がした。

◆　Ⅱ　◆

カミール王国の王立アカデミーは、奨学金《しょうがくきん》制度が充実していることもあって、多くの国から優秀な人材が身分やバース、魔法力に関係なく集まってくる。

国、身分、バース、魔法力、すべての枠《わく》を取り払い、最高の教育が受けられるこの大学は、カミール王国の信念『大陸に平和を』を礎《いしずえ》にしており、学問の金字塔とも言われていた。

セインもそこの学生の一人で、王子であっても親しい友人の中には平民出身の学生もおり、アカデミー内に幅広《はばひろ》い人脈を得ていた。

そして何よりこの国の第一王子という身分だけでなく、希少種アルファである上に、『春の女神の祝福』と謳《うた》われるほどの容姿を持つセインに、多くの学生が魅了されていた。

春の光の美しさを纏《まと》うような金の髪は、セインの美貌《びぼう》を更《さら》に際立たせ、優しげに揺れるが芯《しん》の強さも宿すスミレ色の瞳は、見つめられただけで跪《ひざまず》きたくなると、アカデミー内の取り巻きが騒いだ。もちろん腹黒な性格であることは、ごく一部の親しい人間しか知らない。

一方、アルヴィスは洗礼で『大地の精霊アランに愛されし子』と聖教会から神託《しんたく》を受けたこともあり、アルファの中でもかなり力が強いアルファとされていた。その神秘的な赤い瞳は、同じ色の瞳を持つ精霊アランからの贈り物だと言われ、こちらもアカデミー内で多くの信奉者がいる。更に人気舞台俳優のような甘いマスクに、四肢《しし》のバランスがとれた体躯《たいく》は、セインも悔しいがかっこいいと認めるしかなかった。

セインとアルヴィスの二人とも文武両道で、多くの面でお互いライバルとして競っており、アカデミー内で人気を二分していると言っても過言ではなかった。

六年ほど前、セインが王立アカデミーの学生だった時だ。講義後、アルヴィスとの待ち合わせついでに、セインが静まり返った図書室で調べものをしていると、一人の青年が声を掛けて来た。

「セイン様、少しいいですか？　今日の講義でわからないところがあって……」

アカデミーでも可愛《かわい》いと評判の青年である。確か名前は……と考えを巡《めぐ》らせた途端、セインの鼓動が大きく波打った。

「え……っ……く……」

続いてグワングワンと響くような耳鳴りもし、セインはすぐにこの症状の原因に思い当たる。

「な……君、急激にオメガ……フェロモンを人に当てるのは禁止されている……ぞ」

オメガのフェロモンは人の理性を狂わすとされ、アカデミー内では発情期は必ず薬で抑制《よくせい》することになっていた。もちろんオメガにとってもそのフェロモンは危険で、欲情した相手から襲われる可能性もある。

どうしてこんなことを――！

セインはふらつきながら席を立った。よくみたら図書室には誰もいない。普段なら少なくとも四、五人は利用者がいるはずなのに、だ。

「大丈夫ですか？　セイン様」

青年が心配そうにセインの腕を取った。

「っ！」

セインは力強く青年の手を振り払う。その拍子に青年が尻もちをついた。

「痛っ……セイン様、オメガは大切に扱《あつか》ってくださらないと」

セインは青年の言葉に耳を貸さず、己《おのれ》の意識を集中させて魔法を発動させる。途端、光り輝く魔法陣が現れ、青年とセインの間に光の壁を作った。

「……ケーレス・オビレン。君を規則違反として懲罰室《ちょうばつしつ》送りにする」

寸前で思い出した彼の名前を口にする。名前を呼ばれたことに彼が一瞬笑顔になるが、すぐに困惑した表情になった。

「この壁は何なのですか？　セイン様っ！」

ケーレスは、セインに未練があるように駆け寄ってくるが、光の壁に阻《はば》まれてセインに近づくことができない。

「セイン様、以前からお慕《した》いしております！　セイン様も僕の気持ちをご存じだったはず！　どうして拒《こば》まれるのですかっ」

「っ……悪いが君のことは詳《くわ》しくは知らない……。それゆえに君の気持ちも知らない」

また一方的な想いを向けられていたようだ。セインはフェロモンに煽《あお》られる己の心臓を服の上から摑みながら、それに耐えた。

「セイン様っ！」

「セイン！」

青年の叫び声と聞き慣れた男の声が同時にセインの鼓膜《こまく》を震わせたかと思うと、そのまま男に引っ張られて背中に匿《かくま》われた。刹那《せつな》、風が巻き起こる。

「わっ！」

ケーレスが荒々しい風で吹き飛ばされた。アルヴィスの魔法だ。セインが防御魔法を得意とするのに対して、アルヴィスは攻撃魔法が得意で、セインを救い出すために彼は一瞬の判断でケーレスと彼が纏《まと》うフェロモンを吹き飛ばしたようだ。だがそれでも図書室にはケーレスのフェロモンが充満しており、アルヴィスが口許《くちもと》を押さえる。

「すごいフェロモンだな。ここまでの濃度、人工的に発生させたものだな」

「っ……」

アルヴィスの指摘にケーレスが表情を歪《ゆが》める。どうやらその通りのようだ。

「学生総代であるセインに危害を加えようとしたな」

アルヴィスが地面に倒れているケーレスを見下ろし威圧する。途端、ケーレスが恐怖からか震え出した。

「そ、そんな……ち、違います！　私はセイン様と話をしたかっただけで……」

ケーレスの言葉を遮《さえぎ》ってアルヴィスが冷たく告げる。

「学生総会に対する反抗的な姿勢と見なす。さてセイン、どう処罰をする？」

アルヴィスが振り返りセインに問いかけてきた。

「今、彼に懲罰室送りにすると告げたところだ。それ以上の罰はいい」

「了解だ。そろそろ先生方もいらっしゃるだろう」

アルヴィスが言う通り、やがて司書と複数の警備員、そして教師が慌ただしくやって来た。

「うっ……なんだ、このフェロモンは！　学生たちを近づかせるな」

辺りが騒然となった。すぐにフェロモンの出所となっていたケーレスが運び出されていく。

「大丈夫か？　ローデライト君」

教師の一人がセインに声を掛けてきた。

「はい、大丈夫です。オメガのフェロモン耐性は強いほうですから。少し酔《よ》ったような感じがしましたが、今は大丈夫です」

セインはようやく頭の芯がクリアになってきたのを感じる。先ほどまでは頭の中に白い靄《もや》がかかったようで、理性がその靄に取り込まれてしまいそうな、おかしな感覚があったのだが、それもすっきりしてきていた。

「躰《からだ》がきついようだったら、保健室へ行くように。しかし、このフェロモンの濃さ、尋常《じんじょう》ではないな」

「人工的にフェロモンの濃度を高くしたものかと思われます」

セインの主張に教師の一人が反応した。

「クスリが使われたということか……」

「そうですね。あと他にも『無意識の魔法』が使われた痕跡《こんせき》が」

これには教師の他、アルヴィスや司書までもが反応した。

「そういうことか……」

司書が呟くのに、セインは小さく頷く。

「いつの間にか、この図書室から誰もいなくなっているのは、最初から魔法を掛けられていた可能性が高いことを示します。大体、司書の方が全員席を外しているというのも、あまりにも都合が良すぎます」

「確かに学生だけでなく司書もいないとは、なかなかあり得ない状況だな」

教師の一人が納得したように声を上げた。『無意識の魔法』。それは誰をも無意識に、術者の思い通りに動くよう仕向ける高等魔法の一つだ。今回はセインをケーレスと二人きりにするために、学生も司書も無意識に図書室にいないように仕向けられたのだ。

「フェロモンの濃度といい、ケーレスめ、一部の高等魔法が得意なのをいいことに……」

アルヴィスが呟いた。この大陸で魔法が使える者は、力の強弱はあるが大体人口の二割ほどと言われている。あとの八割は使えない。太古の昔は誰でも日常的に魔法を使っていたようだが、時を経て、人々は少しずつ魔法が使えなくなっていった。

魔法は使いようによっては大変危険な武器ともなる。そのため魔法が使える者、いわゆる魔法師は身分に関係なく、どこかのアカデミーに所属することを義務付けられていた。このカミール王国の王立アカデミーもその一つだ。

魔法師の兆候《ちょうこう》が表れた者は、国に申告して入学の年齢に達し次第、アカデミーに入学する。卒業後は大抵、国に仕えることになるので、収入も一般より格段とよくなり、庶民にとっては、出世の手段の一つともなっていた。だが一方で、国が把握《はあく》できていない魔法師も一定数はいて、闇《やみ》組織との繋《つな》がりを否《いな》めないのも確かだ。

アカデミーに入学した魔法師は、全員魔法部に在籍し、そこでまた幾《いく》つかの科に分かれ、魔法の制御の仕方の他にも専門的な知識を学ぶ。ケーレスも魔法部に在籍しており、希少な魔法を得意としていた。

「もう少し警戒をするべきだったな……っ」

セインはふらつきそうになって慌ててアルヴィスの腕を掴んだ。

「セイン！」

「シッ、静かに。誰にも気付かれたくない」

セインは大袈裟《おおげさ》にしないようアルヴィスを小声で制止した。フェロモン酔いが出たようだ。ケーレスからあてられたオメガのフェロモンがじわりとセインの理性を浸食《しんしょく》し始めていた。だが、こんなところで倒れるような真似はしたくない。弱いところを教授にも誰にも見せたくなかった。

アルヴィスはそんなセインの気持ちを察したようで、教授に断りを入れた。

「教授、申し訳ありませんが、今から学生総会のメンバーの一部で打ち合わせがありますので、このまま寮へ戻ってもよろしいでしょうか？」

「ああ、事件についてはこちらで調査する。ローデライト君は問題がなかったようだが、念のためあまり無理をしないように」

「はい、ありがとうございます。では失礼します」

セインは躰の不調を悟られまいと、笑顔で図書室から出たのだった。

部屋に戻る頃には、セインの息がかなり上がっていた。アルヴィスがセインをベッドまで運び、グラスに汲《く》んだ水をセインに渡してくれた。

「ありがとう……」

「ったく、よく我慢したな。あれだけのフェロモンを当てられて、しばらく平気な顔をしていたお前の忍耐には脱帽だ」

アルヴィスは怒っているのか感心しているのかわからないような口調で告げてくる。

「油断した……」

セインは水を飲み干《ほ》すとグラスをアルヴィスに返して、ベッドへと勢いよく倒れ込んだ。

フェロモン酔い。

オメガのフェロモンにあてられたアルファが発情したような症状を起こすことを差す。優秀な子孫を残すことが遺伝子に刻まれているオメガは、フェロモンでアルファを誘惑する手管《てくだ》に長《た》けている。誘惑されたアルファは、余程《よほど》の理性で本能を抑え込まなければ、そのフェロモンに抗《あらが》えなかった。

図書室では平然としていたセインを見て、そこにいた誰もが、ケーレスのフェロモンに影響されていないと思ったことだろう。

だが、本当は弱いところを他人に見せたくないという意地だけで、何でもないように装っていただけだ。アルヴィスと二人きりになると、張り詰めた糸がプツンと切れた。

「はぁ……水と、あと……クスリは?」

オメガの発するフェロモンに耐えられるようにアルファにも抑制剤がある。セインはベッドの横で自分を見下ろすアルヴィスに尋ねた。

「クスリは止《や》めておけ。飲みすぎるといざという時に効きにくくなるからな。今は私を使えばいい」

「使えばいい……って、そんな自分のことを物みたいに……んっ……」

言葉を遮るようにして、アルヴィスがセインの唇を塞《ふさ》ぐ。そしてそのままベッドへと乗り上げた。

「いつものように熱を分かち合おう、セイン」

彼のしなやかな指先がセインのシャツを何の迷いもなく脱がせていく。

「……アルヴィス、確かに熱は鎮《しず》まるかもしれないが、君は体力おばけだから、私の躰がもたないという過負荷の責任はどうとってくれるんだ?」

脱がされるままになりながらも、一応文句だけは言っておく。だがそんな文句にさえも彼は笑顔で答えてきた。

「前から思っていたが、お前はもう少し体力をつけたほうがいい。そうだな……。私と躰を重ねる回数を増やすか?」

「ったく、君は私をいいようにするだけじゃないか」

「まさか。いつもどんな高貴な姫君よりも丁寧にお前に接しているつもりだが？」

そう言ってほぼ半裸状態になっているセインの手に恭《うやうや》しくキスをする。

「哀《あわ》れな騎士に、お慈悲《じひ》を――」

色男に上目遣《うわめづか》いに請《こ》われ、セインは一瞬見惚《みと》れそうになり、慌てた。

「……どこが哀れな騎士だ。我が道を行く王様が」

自分が彼にドキッとしたことを知られたくなくて、ぶっきらぼうに返事をすると、アルヴィスが心底楽しそうに笑う。

「満足させる」

自信ありげに口にするや否《いな》や、乱雑に自分の衣服を脱ぎ、ベッドの下へと落とす。彼の鍛《きた》えられた逞《たくま》しい躰がセインの前に晒《さら》された。滑《なめ》らかな筋肉は均整がとれ、まるで有名な芸術家が彫った彫刻のようだ。

悔《くや》しいが彼の躰つきは、セインにとって憧《あこが》れそのものであり、その躰に抱かれるのは、実はそんなに嫌ではなかった。

「――その言葉、忘れるなよ。私は簡単には満足しないからな」

彼の挑発に、挑発で答える。

「ああ、それはわかっている。だがいつも満足させているだろう？」

「自信家すぎ……んっ……」

少し余裕のないキスにセインの息が上がる。彼のセインを見つめる甘いまなざしに心を震わせながら、セインは彼の背中に手を回した。


「う……やっぱり腰が立たない……」

夕方になってセインはまだベッドに伏せていた。隣には相変わらずまったくダメージを受けていないアルヴィスが、セインの腰を優しく擦《さす》ってくれていた。

「毎日すれば、慣れてくるさ」

彼の何気ない言葉に、セインはくわっと目を剝《む》いた。

「毎日する？　やめてくれ。私を殺す気か」

睨《にら》むと、彼がセインの腰に顔を近づけてキスをした。じわりとそこから淫猥《いんわい》な熱が生まれるが、セインはそれを無視する。これ以上彼と何かをしたら、本当に死にそうな気がした。

「くっ……アルヴィス、君は加減という言葉を知らないのか」

「これでも随分《ずいぶん》と手加減をしているさ。まだ足りないのを、理性を保って抑えている」

「……今後、君と寝ることに躊躇《ちゅうちょ》するぞ」

真顔で言ってやるが、彼はそんなことは気にしていないようで、その唇をセインの腰から背筋へと滑らせた。ぞくぞくとした痺《しび》れが走り、再びセインの躰の芯に淫蕩《いんとう》な火が灯《とも》る。

「セイン、お前は私がお前を殺すと言うが、私がお前の色気で息の根を止められることがあっても、その逆はないな」

「よく言う。この人誑《ひとたら》しが」

「人誑し？　もしそうだとするなら、お前限定だ」

そう言ってアルヴィスが背中に覆《おお》いかぶさってきたかと思うと、うつ伏せになっていたセインの腰を軽く持ち上げる。瞬間、アルヴィスの熱く猛《たけ》った屹立《きつりつ》がセインの太腿《ふともも》に触れた。

「な……アルヴィス……まさ……か……また挿《い》れるのか……もう……あぁ……」

先ほどまでアルヴィスを受け入れていたこともあって、セインの蕾《つぼみ》はまだ柔らかく、彼を簡単に呑み込んでしまう。

「っ……あ……だから、体力が……」

「大丈夫だ。お前はそこで私に可愛がられているだけでいい」

「だけでいい……って、それがもう無理……あぁぁ……」

セインは再びシーツの上に縫《ぬ》い留《と》められたのだった。

この時はまだ、セイン自身、アルヴィスを深く愛していることに気付いておらず、漠然と、時が来たら別れるのだろうと思っていた――。

◆ Ⅲ ◆

「セイン殿下、そろそろマスタニア王国のセシルク転移門に到着いたします」

アカデミー時代のことをぼんやりと考えていると、馬車のすぐ隣に並走《へいそう》して護衛するハリスの声が聞こえ、ハッとした。セインより二つ年上の彼は、既に王族の近衛隊《このえたい》の最上級に位置するエリート騎士団、魔法騎士団に所属し、その中でも花形の第一部隊の隊長を任されている凄《すご》腕《うで》の魔法騎士だ。魔法騎士とは、騎士としての才覚はもちろん、魔法も上級クラス並みに使える人材のみに許される称号であった。忌々《いまいま》しいがリシェルの伴侶《はんりょ》のクライヴも魔法騎士の一人であり、このハリスの部下でもある。

そんな優秀なハリスがセインの護衛についたのは父王の配慮《はいりょ》だった。父もまたマスタニア王国の治安の不安定さを心配しているが、友人であるマスタニア国王の力になるべく、風評を少しでも和《やわ》らげようと、この建国祭に王太子であるセインを派遣したのだ。それゆえに、いざという時のため、セインに腕のいい魔法騎士を護衛に付けてくれた。

馬車の窓から外を見るため、少しだけカーテンを捲《めく》ると、オーロラの中を走っているような光景が目に入る。転移門間を走行する際に目にする景色だ。

各王国には要所、要所に転移門という魔道具が設置されていた。

転移門は、転移する距離によりけりだが、数分から一時間程度で目的地に到着できる便利な大型魔道具であった。簡単に言うと、かなり力のある魔法師が使う『転移魔法』を、道具を通して誰にでも使えるようにしたものが『転移門』だ。

利用するには発着地の転移門を所有する王国の許可が必要である。国をまたぐ場合はそれぞれの国に許可をとる必要もあるので、その手間や使用料を考えると、平民にはなかなか使うことができない代物《しろもの》だった。

また国内でも王都から二週間以上かかる主要都市にしか転移門は設置されておらず、転移先にあまり自由度がないのも、平民に普及しない理由の一つだろう。

例えば昨日、リシェルたちが出掛けていった新婚旅行には転移門を使うことはなかった。一週間以内に移動できる距離にはその装置を設置していないからだ。

以前、転移門を増やす法案が出たこともあったが、維持費《いじひ》がかかるのはもちろん、一番の問題は、万が一、戦争が起きた時、転移門を敵に掌握《しょうあく》され、そこから一気に攻め込まれたら応戦のしようがなく、かなりリスクを伴《ともな》う魔道具だということで、増設が見送りとなった。そういうことから王都を守る理由もあって、一番近い転移門でも王都から離れた場所に設置されている。

セインたち一行は、カミール王国の王都より一時間ほど離れた場所に設置されているタデスク転移門から、このマスタニア王国の王都から、やはり一時間ほど離れたセシルク転移門へと走行中だった。実際、この魔法空間を走るのは二十分程度なので、本来なら一か月ほどかかる距離であるのに、転移門のお陰で片道二時間半ほどの道のりである。

やがてふわりと酔《よ》ったような感覚と共に、オーロラのような光が滲《にじ》んで揺れる空間から、普段目にする景色へと急速に変わっていった。どうやら目的地であるセシルク転移門を通り抜けたようだ。

「殿下、セシルク転移門を抜けました」

馬車のすぐ隣を並走するハリスの声がしたかと思うと、すぐに馬車が停止した。

「何事か？」

不審に思い、セインが窓のカーテンを開けて声を掛けると、ハリスが説明し始める。

「殿下、マスタニア王国の騎士の方々が迎えに来ているようです。それと、アルヴィス王子もいらっしゃいますが……」

「……気付かぬ振りをしてもいいか？」

思わず本音が出てしまうが、ハリスもアルヴィスがセインの旧友であることを知っているので、そんな戯言《ざれごと》を何でもないように無視され、さらりと言い返される。

「国際問題に発展するような言動は公式の場ではお控《ひか》えいただけると助かります」

「うう……」

セインが唸《うな》っているとハリスが苦笑しつつ言葉を続けた。

「殿下が悩まれている間に、アルヴィス殿下のほうからこちらへお越しのようですよ」

「え……」

窓越しに向こう側に目を遣《や》ると、一人の青年が馬から下りるのが見えた。四肢《しし》のバランスが絶妙で、遠目からも美丈夫《びじょうぶ》であることがしっかりとわかる。カーテンを開けていたので、セインはやって来たアルヴィスと目が合ってしまった。途端、彼の煌《きら》びやかな赤い双眸《そうぼう》が緩《ゆる》む。

その表情を見て、セインの胸がトクンと反応した。

「マスタニア王国にようこそ、セイン。同乗してもいいかい？」

さすがに、ここで嫌とも言えず、セインは渋々頷いた。すぐにアルヴィスが馬車に乗り込んでくる。セインは平静を装って彼に悪態を吐《つ》いた。

「こんなところまで足を運ぶとは……。マスタニア王国の王子は暇《ひま》なのか？」

「ああ、暇だから、私に付き合ってくれ」

彼の王国での活躍《かつやく》ぶりはセインの耳にも入ってきているので、暇なはずはないのに、アルヴィスはそう嘯《うそぶ》きながらセインの隣に遠慮《えんりょ》もなく座った。

「ではセイン殿下、出発いたします」

ハリスは一礼すると、馬車のドアを閉めて出発の合図を出した。すぐに馬車が動き始める。

思わず眉間《みけん》に皺《しわ》が寄りそうになり、セインは指で眉間を押し広げた。

「セイン、そんな嫌そうな顔をするな。我が近衛隊も連れてきたから、今ならどんな輩《やから》が襲ってきても安全だぞ？」

「……そんな大所帯で来たのか」

セインが連れてきた騎士たちと合わせると、かなりの数になるだろう。騎士を大勢引き連れた隊列で王都に入ったら、きっとパレードのように目立つに違いない。

「何だ？　私とこっそり会いたかったのか？　立場的に難しいが、お前の夢なら叶《かな》えないわけにはいかないな。今度、警備の者と考えてみよう」

「考えなくてもいい。何が私の夢だ。ったく、君が来たせいでこんな立派な隊列になってしまった。王都に入った途端、民衆に手を振らなければならないような状況は嫌だぞ」

「ああ、それは必須だな。かなり前からカミール王国の美貌《びぼう》の王太子が建国祭に招待されたと、民衆の間で盛り上がっていたからな。手くらい振ってやれよ」

「君は……」

頭を抱《かか》えたくなる。

「それにいいこともある。これだけの隊列を組んでいるんだ。先ほども言ったが安全なことは間違いないさ」

「……裏を返せば、訳のわからない輩の襲撃を受けるかもしれないんだろう？」

冷たく言い返すが、そんなセインの態度さえも嬉しいとばかりに、アルヴィスは話を続けた。

「そうとも取れるな。だが、お前は治安に少しばかり不安があっても我が国に来てくれたんだ。その愛情に私も応《こた》えたい」

「この話のどこに愛情があるんだ。大体、君が私の部屋まで来て、ごり押ししたんだろう。父にまで手を回して」

「結果よければすべてよし、だ」

彼が小首を傾《かし》げて、誰をも魅了するような笑みをセインに向けてきた。相変わらず無駄に色香を振り撒《ま》く男だ。

「ふん、功を焦《あせ》ると失敗するぞ」

「そうかな？　失敗を恐れていては、手に入るものも入らないと思うが？」

アルヴィスはセインから目を離すことなく笑みを浮かべている。どう言ってもポジティブに返答する彼の図々《ずうずう》しさに、思わずセインは溜息を吐いてしまった。すると彼が「もう降参か？」とばかりに、ニヤリと人の悪い笑みを零《こぼ》す。

睨《にら》みつけてやると、彼の笑みがますます深くなり、忌々しいので話題を変えた。

「で、君がこんなところまでやってくるということは、今夜の舞踏会の準備は大丈夫ということなのか？」

「舞踏会自体の準備は何も問題ない。不測の事態もあらゆる場面を想定して回避できるよう騎士団長らとも会議を重ねてきた。我が国の治安が正常化していることを、他国にアピールする大切な機会だからな。ぬかりはない」

彼が意味ありげにそこで言葉を区切る。そして少しだけ眉間に皺を寄せた。

「――ただ、城外に関してはいくら準備しても足りないところはある。何かあったら臨機応変に対応するしかないのも事実だ」

アルヴィスは額に手を置いて、うんざりとした様子で答えた。彼自身、アカデミー卒業後、ずっと『聖なる光の民』との攻防に身を置いている。セインもそんなアルヴィスのことを本当は心配していた。別に好きとかそういうのではなく、知り合いが苦労していると聞いたら、心配するのが当たり前だ。そう自分に言い聞かせている。

「アルヴィス、君はここ一年、何も問題が起きていないと言っていたな」

「ああ、『聖なる光の民』の幹部の一人を捕らえてからは、組織も大人しくしている。騒げばそいつの命がないと奴《ヤツ》らもわかっているからな」

「そうか……。今回の建国祭でも大人しくしていてくれればいいが……」

今回の建国祭はマスタニア王国が何にも脅《おびや》かされない大国であることをアピールするには絶好の機会であるが、それは逆に『聖なる光の民』にとっては、マスタニア王国を徹底的《てっていてき》に貶《おとし》める、またとないチャンスであることも意味した。

「早く組織と和解をし、組織自体を解体できればいいんだがな。反乱分子を捕まえてもきりがない」

「あまり無理をするなよ」

「心配してくれるのか？」

「まさか。万が一、君に何かあったら、マスタニア王国も今以上に困った事態に陥《おちい》るから、忠告してやったんだ」

そう言うと、途端アルヴィスの双眸が意味ありげに細められる。

「ふ〜ん……。お前の得にもならないことを注意してくれるくらいには、私のことを気にかけてくれてるんだな」

顔を覗き込まれるが、冷めた目で彼を見返してやった。

「隣国の政情が乱れると、我がカミール王国にも被害が及ぶからな」

「そんなに照れなくともいいのに」

「照れていないから、この手を放せ」

さりげなくアルヴィスの手がセインの手を握ってきたので一睨みする。すると彼がすかさずセインの手を持ち上げ、その甲にキスを落とした。相変わらず人の手にキスをするのが好きな男だ。

「キスをするのに、手は放せないな」

「勝手に人の手の甲にキスをするな」

「唇ならいいのか?」

ますます調子に乗るアルヴィスに、セインはその美しい顔を歪めた。

「君のポジティブさには閉口するよ」

「ポジティブなのが私の美点だ」

「図々しいと紙一重だな」

セインはアルヴィスから自分の手を奪い返すと、ハンカチーフを取り出してその手の甲を拭《ふ》いた。

「手の甲を拭くとは……地味に傷つくな」

「傷つくなら最初からキスなどするな」

さりげなく足でアルヴィスの脛《すね》を軽く蹴ってやった。まるでアカデミー時代に戻ったようなやり取りに、彼がふっと笑みを零す。思わずセインは目を反らした。

この男はいつまで学生気分でいるんだろうか。次期国王として、こんな関係は早々に止《や》めないとならないのに、いつまでも昔のような関係を求めようとしてくる——。

嬉しさと悲しさがごちゃ交《ま》ぜになったような複雑な感情がセインの胸に込み上げる。

セインはアカデミーの頃から悪賢さを武器にして多くの策略を練ってきたが、駄目なものは駄目だと判断する常識くらいあった。

国王になる者同士が、万が一、恋愛関係を続けようとしたら、いずれ娶《めと》るであろう伴侶《はんりょ》や、その他多くの人間を騙《だま》して、そして傷つけて生きていかなければならない。

そんな秘密を抱えて国を統治できるほど、セインの面《つら》の皮は厚くなかった。

それに愛する男が、たとえ義務だとしても他の誰かを伴侶にしなければならない状況に、きっと耐えられないだろう。いや、自分だけではない。二人の伴侶になる者も苦しく辛《つら》い想いを抱えることになるのはわかりきっていた。

誰一人幸せにならない恋などしてはならないのだ。

なのに、この男は――。

セインは隣で嬉しそうに座る男の顔をもう一度睨みつけたが、アルヴィスはそれに笑顔で返してきた。

「明晩からは建国祭を祝う舞踏会だ。それまでの間は昼食がてら王都を案内しよう。お前が以前遊びに来た時にはなかった店がたくさんある」

「それに私が付き合うメリットは？」

「お前の末の弟、リシェルだったか？　彼が好きだという蜂蜜《はちみつ》専門店『タジール』が我が王都に出店した」

「え……」

タジールとは隣国に本店を置く有名な蜂蜜専門店の名前で、リシェルが満面の笑みで大好きと断言し、兄としては絶対に手に入れなければならないものの一つだ。残念ながらまだカミール王国には出店しておらず、他国へ出掛けた際に、土産《みやげ》として手に入れるしかなかった。

「タジールがこの国に来たのか？　我が国より治安が不安定なこの国に？」

思わず確認してしまう。

「……お前、何気に失礼なことを言っているな」

「動揺しすぎて、本音が出ただけだ。気にするな」

「本音がって……それも充分に失礼すぎる気がするが？」

アルヴィスが眉をひそめて抗議してくるが、セインはそれを無視して話を続けた。

「それより、その蜂蜜専門店に連れて行ってくれるんだな？」

「……現金な奴だな。相変わらず相当なブラコンだったか」

彼の厭味《いやみ》など気にしない。セインは誰もが見惚《みと》れる美しい笑みを浮かべた。

「仕方ない。両国の親睦《しんぼく》の為《ため》、王都の視察を兼ねて観光するというのもやぶさかではないな」

「お前、人の話を全然、聞かないな。まあ、いい。お前が行きたいところなら、連れていってやるさ」

「連れていってやる？　私が行ってやるんだ」

「はいはい」

アルヴィスが呆《あき》れたように生返事をしてきたが、セインは話題が蜂蜜店に変わったことに内心ホッとして、馬車から外の景色に目を遣ったのだった。

◆ Ⅳ ◆

翌朝、セインがゆっくり一人で朝食をとろうと思っていたところに、アルヴィスがいきなりやってきて、二人で朝食をとることになってしまった。

なんだかんだとアルヴィスのペースに乗せられて賑《にぎ》やかな朝食時間を過ごし、セインはこの居心地の良さに何ともバツの悪い思いをする。

彼とは必要以上に親しく接するつもりはなかったのに……。

冷たい態度で接しようと思っていたのに、やはり彼への恋心を自覚しているセインはアルヴィスに冷たくなりきれなかった。こんな矛盾《むじゅん》を抱《かか》えた朝食会を早く終わらせたいと思いつつ、食後の飲み物を飲んでいると、思いも寄らぬ客が顔を出した。

「お二方とも朝食は終わりましたか？」

「カレウス殿下！」

顔を出したのはアルヴィスの弟であり、オメガでもある第二王子、カレウス・レスト・ラティスであった。

「セイン殿下、昨夜の夕食時には興味深いお話を聞かせてくださってありがとうございます」

「こちらこそ、楽しいひとときを過ごすことができました」

カレウスは、アルヴィスと同じ黒髪、赤い瞳を持つ青年であるが、王立アカデミーを卒業したばかりで、まだ初々《ういうい》しさが残っている。リシェルより一つ年下のはずだ。

「今日、こちらに顔を出したのは、魔道具をお二方に渡したくて……」

そう言って王子が差し出した手のひらには金色の細いチェーンが美しく編まれ、石がゆらゆらと揺れる華奢《きゃしゃ》なタイプのピアスが乗っていた。

「殿下、これは？」

「敵からの攻撃を防御する魔法を閉じ込めた魔道具の一つです」

「魔道具？」

セインが首を傾《かし》げると、アルヴィスが説明してきた。

「ああ、カレウスは魔道具オタクで、集めるだけでなく自分でも制作するほどの腕前なんだ」

カレウスはアルヴィスに褒《ほ》められたのが嬉しいのか、頬を紅潮させる。

「僕は魔法が使えないので、代わりに使い勝手のいい魔道具を作るのが趣味なんです」

「これも小さいわりには、かなり強い力を発揮《はっき》するんだろう？」

アルヴィスがカレウスに尋ねると、彼が嬉しそうに返事をした。

「ええ、兄上、今回も自信作ですよ！　これだけの小さな石に、十人程の魔法騎士分に匹敵する防御力を封じ込めてみたんです！　発動効率を上げるために、かなり苦労したのですが、小さい石なので身に着けやすいかと！」

突然喜々として話し始めた。今まで優しげで大人しい感じだったカレウスのイメージががらりと変わる。魔道具に対する熱量が半端なかった。

「こちらの赤色の石をセイン殿下に。そしてこちらのスミレ色の石を兄上に。それぞれ片耳にお付けください。お二方の魔法力を調節してバックアップできるようになっています。試作段階ではありますが、かなり有効なデータがとれていますので、建国祭の間だけでもつけてくださると嬉しいです」

カレウスから自信満々に手渡されたピアスを目にして、セインはぎょっとした。赤い石が赤は赤でも、アルヴィスの瞳の色にそっくりな赤色だったからだ。そしてスミレ色のほうもまたセインの瞳の色に極めて近い色だった。

このまま赤い石のほうを使ったら、相手の瞳の色を使う恋人同士のお揃《そろ》いのアクセサリーのようにしか見えないと思うのは、自分だけだろうか。

その出来栄えといい、寧《むし》ろ、わざとではないかと勘繰《かんぐ》りたくなるほどだった。

「あ、いや、殿下、私はスミレ色のもののほうがいいのですが……」

取り敢《あ》えず色の変更を申し出てみたが、カレウスが満面の笑みで断ってきた。

「いいえ、赤色のピアスをつけることによって、セイン殿下の攻撃力が増すのです。兄のほうは逆に防御力が増すように作っていますので、どうかスミレ色を身につけてください」

「そ……そういうものなのですか」

確かにセイン自身は防御の魔法が得意なのに対し、アルヴィスは攻撃の魔法が上手《うま》く、かなりのレベルに達している。カレウスはそんな二人の魔力の特性まで調べてそれぞれを作ったようだった。

「ええ、お互いの魔法力をその魔道具によって連鎖《れんさ》させるのです。デリケートな計算式を用いるので、設計するのに時間がかかりましたが、動作確認をした際は、かなりいい感じでした」

抵抗するのを諦《あきら》めたくはないが、純粋《じゅんすい》な好意から意気揚々《ようよう》と説明されると、突っ返すことがなかなかできない。

困ったな、と内心思っていると、アルヴィスが駄目押しとばかりに余計なことを口にした。

「ありがとう、カレウス。お前の魔道具は本当に凄《すご》いな。この建国祭、何が起きるかわからないから、セインと二人でこれをつけて、今夜の舞踏会に参加するとしよう」

アルヴィスの提案に、セインは叫び声が飛び出そうになったが、寸前のところで押しとどめた。カミール王国の王族として、外交の一環でこの国に来ている以上、みっともない姿を晒《さら》すわけにはいかない。

「ええ、兄上。そうしていただけると僕も嬉しいです。セイン殿下も、僕の魔道具では不安かもしれませんが、ないよりまし程度でつけていただければ……」

この言い方では、セインがピアスをつけなければ、カレウスの魔道具を不安視していると思われかねない。こうなると、もう笑顔で受け取るしかなかった。

「いえ、カレウス殿下が制作された魔道具に大変興味をそそられます。ぜひ使わせてください」

笑顔が引きつりそうになりながら、セインは赤い石のピアスを受け取った。

「かえって気を遣《つか》わせてしまったかもしれませんが、セイン殿下にそう言っていただけて嬉しいです。では僕はこれで失礼します。兄上、王都観光、楽しんできてくださいね」

「ああ、ありがとう。カレウス」

兄であるアルヴィスのことがよほど好きなのだろう。カレウスは輝くばかりの笑顔を見せると、そのまま部屋から出て行った。残るはアルヴィスと、社交辞令の笑みを張り付けて口許《くちもと》がピクピク動くセインの二人だけだ。

「カレウスは子供の頃から手先が器用で、アクセサリー作りもプロ並みなんだ。このピアスも綺麗だろう？」

アルヴィスの問いに、どう答えていいか、もはやわからなかった。ピアスが綺麗かどうかではなく、この配色は何なんだと問いただしたいのに、彼は呑気《のんき》にピアスを褒めている。

突っ込みたいことが多すぎて、どうにかなりそうだった。すると、ようやくセインが固まっていることに気が付いたのか、アルヴィスが手を差し伸べてきた。

「あ、もしかしてピアスがつけにくいのか？　私がつけてやろう。貸してみろ」

混乱しているうちに、どんどん話が違う方向へと進んでいく。セインは危機感を覚え、我に返って声を上げた。

「ちが～う！　何が『つけてやろう』だ。『貸してみろ』？　どうして私が、君とペアみたいなピアスをつけないといけないんだ！　百歩譲《ゆず》っても、この配色はないだろう？」

口を開いた途端、今まで溜まっていた分、次々と言葉が飛び出す。だがアルヴィスは態度を変えず首を傾げた。

「どうしてだ？　聞いていただろう？　カレウスが私たちのために、魔道具を作ってくれたんだ。身を守るためにも便利だと思うが？」

「石の色の問題を話しているんだ。わざとはぐらかそうとしても無駄だぞ」

じろりと睨《にら》むと、さすがにアルヴィスは耐え切れない様子でプッと噴き出した。やはりわかって言っているのだ。

「わざとなんてことはないさ。お前とペアのピアスをつけるなんてこと滅多《めった》にないから、早くつけたいな、って思っているだけだが？」

こんな意味ありげな配色のピアスをつけて外を歩いたら、一発で貴族の間で噂《うわさ》になる。

「何が早くつけたい、だ。却下《きゃっか》だ。そんなもの却下。ピアスをつけると言うのなら、今日は王都へ出掛けないからな」

「デート、してくれないのか？」

そう言いながらも、余裕の表情を浮かべているので、冷たく言い放ってもこの男には効果がないようだった。それはそれで腹立たしい。

「デートじゃない。視察を兼ねた観光だ」

「だが、魔道具をつけないとなると、カレウスが傷つくぞ。やはり自分の魔道具は信用に足らないんだと、落ち込みそうだ」

アルヴィスが、カレウスを盾《たて》にあの手この手で攻めてきた。確かに先ほどのカレウスの笑顔を見た後では、なかなか『つけない』という選択は取りづらい。

「……カレウス殿下と会う舞踏会には、つけていく。髪で隠せそうだしな」

「隠す……」

アルヴィスが不満そうな目つきで訴《うった》えてくる。

「何か文句があるか？」

「いや、なかなか手強《てごわ》いなと思ってな」

「なにが、手強いだ。大体、どうして君と恋人同士のようなアクセサリーを揃えてつけないといけないんだ？　そちらのほうがおかしいと気付け」

「ええ～」

アルヴィスがわざとらしく不服そうに声を上げる。それも鬱陶《うっとう》しいので、仕方なく話題を変えた。

「ほら、王都に視察を兼ねて一緒に観光に行くんだろう？　早く出掛ける準備をしろ」

『一緒』という言葉を強めに言ってやると、アルヴィスが何を思ったか、少しだけ口許を不満げに歪めて、こちらにちらりと視線を向けた。

「お前が勝手に幕引きをした関係、私は認めていないからな。覚悟しておけ」

「は？」

不意打ちのように言われ、言葉に詰まるが、アルヴィスはそのまま立ち上がる。

「出掛ける準備をしてくる。また迎えに来るからお前も用意をしておけよ」

「あ、ああ……」

セインは相槌《あいづち》くらいでしか反応できず、黙って彼の背中を見送ることしかできなかった。

アルヴィスはまだ私のことを諦めていない――。

不意にセインの鼓動が大きく高鳴った。

＊＊＊

アルヴィスは自室に戻ると、手のひらにあるカレウスから貰《もら》ったスミレ色のピアスを見た。

カレウスなりに兄の力になりたかったに違いない。だが同時にアルヴィスのセインへの恋心にカレウスが気付いていたことに驚くしかなかった。

「魔道具一筋だと思っていたが、あいつもいつまでも子供じゃなかったんだな……」

弟の成長に自然と笑みが零《こぼ》れる。自分も意外とブラコンのようだ。セインのことを笑っていられない。

それにしても、頭が痛いことに、セインは相変わらず別れたつもりでいるようだった。

王立アカデミー時代、彼が遊びで肌を重ねていたわけではないことはわかっている。擦《す》れた感じをわざと出していたが、セインは誠実で実は純粋だ。口ではどうこう言っても、彼が悪人だったことは一度もなかった。

「……だが、簡単に結論を出さなくてもいいと思うがな。将来も一緒にいられる方法を、二人で真剣に考える良い機会だと捉《とら》えてくれれば……」

気丈《きじょう》に振る舞っているセインだが、時折見せる寂しげな彼の横顔が、アルヴィスの胸を締め付ける。

好きだ。セインが私のことを好きでいてくれる限り、私も彼を手放したりはしない。

彼に嫌われていないのは、彼の言葉の端々《はしばし》や動作からも伝わってきていた。ただ、王太子としての責任感から、別れを選んだに違いない。

「お前が諦めても、私は諦めない。二人が諦めたら、それこそすべて終わりだ」

これはアカデミーで学生総会をしていた時にセインがアルヴィスに言った言葉だ。

トラブルで、アカデミー創立祭の準備が間に合わないくらいぎりぎりになった時に、セインがアルヴィスに言ったのだ。

『君が諦めても、私は諦めない。二人が諦めたら、それこそすべて終わりだ。創立祭、成功させるんだろう？　歴代一位と言われるくらい凄いものにしよう！　私と君にならできる』

あの時ほど、相棒が逞《たくま》しいと思ったことはなかった。お陰で無事に創立祭は開催することができ、学生たちには大好評だった。

そんなセインと出会ったのは、五歳の時だったろうか。近隣の王族や貴族の社交界デビューしていない子息だけを集めた園遊会で、初めて彼を見た。

さらさらとした金の髪にスミレの花びらと同じ色をした大きな瞳。あまりの美しさに妖精が迷い込んで来たのかと思い、彼に声を掛けて妖精の国に連れ去られたらどうしようと、最初は話すのを躊躇《ためら》ったほどだった。でも、それでも彼と話したかった。二度と人間の国に戻れなくともいいと決意してセインに話し掛けたのを覚えている。

「君、どうしたの？」

アルヴィスが声を掛けると、少年が振り返った。アルヴィスの顔を見て、にっこりと笑う。

「お空を見ているの。僕の国のお空と同じだなぁって思って」

「空は繋がっているから、どこの国の空も一緒だよ」

「そうだね。でもなんだか不思議に思えて……」

そう言って、少年はまた空を見上げた。そんな彼の姿を見て、彼が今にも妖精の国に帰ってしまうような気がして、アルヴィスは少年の手を掴んだ。

「なに？」

「あのね。あっちで美味《おい》しいケーキが用意してあるんだって。一緒に食べに行かない？」

少年は一瞬驚いたような顔をしたが、すぐに破顔した。

「いいよ」

セインの笑顔を見た時、アルヴィスは雷に打たれたような激しい衝撃が全身に走ったのを覚えている。アルヴィスは五歳で、生涯の伴侶《はんりょ》を見つけてしまった。

僕の『運命のつがい』だ……。

幼心に本能で感じ取る。

彼が将来どんなバースになるかわからない。でも絶対に僕の伴侶になる子だ――。

アルヴィスはセインの手を放すことができなかった。

そしてその後、セインが妖精の国ではなく、カミール王国の第一王子だと知って、アルヴィスは彼と親友になり、アカデミーに入る頃には、告白こそしていないが心を通わせるようになったのだ。

愛している。己のすべてを彼に差し出してもいいほどに――。

そして彼に愛されているのも実感していた。

セインが口には出さなくとも、彼の想いをアルヴィスはしっかりと受け止めていた。

＊＊＊

朝食後、二人は馬車で王都の中心地へと向かう。仮にも自国の王子が街にいきなり顔を出しては騒動になるので、セインとアルヴィスは魔法で外見を変えて出掛けることにした。と、言っても髪の色を変えるだけだ。セインは黒髪に、アルヴィスは金髪にした。

数年前まで暴徒によって脅《おびや》かされていたとは思えないほどの活気が街には溢《あふ》れていた。この分だと、外国からの商隊の出入りが盛んになる日も近いだろう。

セインは、日々、国の治安維持に心血を注いでいるアルヴィスをとても誇《ほこ》らしく思った。将来、お互い国王として共に切磋琢磨《せっさたくま》していけば、マスタニア王国は益々繁栄《ますますはんえい》し、セインの国、カミール王国と共に発展していけるに違いない。

「まずは蜂蜜《はちみつ》を買いに行こうか。どうせお前のことだ。弟にいっぱい買っていくんだろう？ 荷物になるから買ったものを先に馬車に置いてから、他の店も見に行くほうがいい」

「わかっているじゃないか」

末の弟、リシェルの好きな風味の蜂蜜はインプット済みであるし、すぐ下の弟、レザックにも幾《いく》つか見繕《みつく》って買っていこうと思っていた。さらにレザックは古い魔術にも興味があるので、そういった本を探しに本屋にも行きたかった。

弟たちには弱いのだ。三歳年下のリシェルが一歳で初めて、「にぃ……」とセインに向かって呼んでくれた時は、その可愛《かわい》さに悶絶《もんぜつ》したのを今でも覚えている。

一歳違いのレザックも、子供の頃からセインの後を「あにさま、あにさま」と一生懸命ついてきてくれ、とても可愛かった。

二人とも愛《いと》おしくて仕方がない。一生守ろうと神に誓《ちか》っている。

そういう訳もあって、弟たちのことが大好き過ぎて、出掛けた際のお土産《みやげ》は馬車一台分くらいになってしまうのはいつものことだった。

そしてこの男、アルヴィスもまた、王立アカデミー時代、一緒に旅行へ出掛けたりしていたので、セインのお土産事情を知る一人でもある。

「フン、まったくいつまで経《た》っても、お前はブラコンなんだな」

「いつまで経っても弟たちが可愛いからな」

「私のほうが可愛い」

「あり得ない。弟たちと張り合おうとするな」

アルヴィスの主張にセインはぴしゃりと反論して、笑った。

セインはアルヴィスと王都の中央に位置する大聖堂の前の広場で馬車を下りると、そのまま王都のメインストリートへと向かった。

「すごいな。あの衣服店は国を跨《また》いで展開している大手のドレスメーカーの店じゃないか」

「ああ、去年、開店した。お陰で街中、流行のドレスで華《はな》やかになったぞ」

「マスタニア王国も賑《にぎ》わってきたな。見た限りでは商人たちの出入りも多くなっているように思うが？」

「多種多様な商会の人間が出入りしてくれるようになったが、まだ三大商会の一つと言われる『ガレル』はこの国と取引をしていないんだ。三大商会すべてと取引できてこそ、大国だろう」

この大陸では『ガレル』『サフィル』『タバーナ』の三大商会がそれぞれの販売網を持ち、商《あきな》いを取り仕切っている。大陸の商売の半数以上はこれらの商会が関わっていると言っても過言ではなかった。

三大商会は独自に各国の豊かさや治安、人口などを加味してランクを付け、そのランクに応じて商売の規模を決めている。これが世界の商売の指針、ひいては国力の判断の基準にもなっており、他の中小規模の商会、さらに小売りの商人たちの目安ともなっていた。そのため各王国にとっても、一介《いっかい》の商会がつけた独自のランクといえども、無視できないものとなっていた。

「この分だと、そんなに遠くない未来、『ガレル』も参入してくるんじゃないか？」

「そうだと嬉しいな。それが実現すれば、国内だけでなく、国外からも治安のいい国と認められたような気分になる」

アルヴィスの双眸《そうぼう》が優しげに細められる。臣民が安心して暮らしている姿を思い浮かべているのだろうか。

「蜂蜜専門店『タジール』は、この大通り沿いにできたんだ」

ついアルヴィスに見惚《みと》れていたセインは彼の声に我に返り、視線を大通りに並ぶ店に移す。

刹那《せつな》、女性の悲鳴が轟《とどろ》いた。

「きゃあ！　泥棒よ！」

「アルヴィス」

セインが声を掛ける前に、既にアルヴィスは声が聞こえたほうへ走り出していた。セインも慌てて後を追う。するとすぐに人だかりが見えた。どうやら早々に犯人は捕まったようだ。

アルヴィスが人混みをかき分けて入っていくのをセインも後ろについて入る。人混みの中心に騎士の青年と犯人らしき男がいた。男を押し倒し、手首を紐《ひも》で縛《しば》っている。

「リュゼ！」

リュゼと呼ばれた青年は、アルヴィスとセインに気付くと、後から来た騎士たちに男を引き渡し、こちらへとやって来た。

「アルヴィス殿下、セイン殿下、ご無沙汰《ぶさた》しております」

「リュゼ、久しぶりだな」

リュゼ・フォン・リルール。リルール伯爵家の次男のアルファだ。実はセインとはアカデ

ミーの同級生で仲が良かった。現在の彼はマスタニア王国の聖堂騎士で、中でも一番のエリートコース、王都中心部にある大聖堂所属の魔法騎士である。

「姿を変えられているということは、お忍びでいらっしゃいますか？」

「ああ、こいつが弟たちに蜂蜜を買いたいと言ってな」

「アルヴィス、それでは私が我儘《わまま》を言ったように聞こえるが？　リュゼ、わかっていると思うが違うからな。視察のついでに蜂蜜を買おうという話になっただけだ」

セインがムッとして訂正するが、リュゼはさすが聖堂騎士といったところだろうか。慈愛に満ちたまなざしで微笑《ほほえ》んだ。

「アカデミー時代と変わらず仲の良いご様子、安心しました」

その神々しさにセインだけでなく、事件の顚末《てんまつ》を見ていた観衆からも溜息が零れた。

「はぁ……リルール卿《きょう》、今日も後光が差しているなぁ。ああ、眩《まぶ》しくて見ていられないよ」

「金の髪に青い瞳……。本当に大聖堂に飾られている神のごとく美しいお姿ですよね、リルール卿。こんな街中でお会いできるなんて、運がいいですわ。拝んでおきましょう」

憧《あこが》れの的であるリュゼの登場に、野次馬の中からはうっとりとした声も聞こえる。リュゼにも聞こえているはずだが、まったく聞こえていない様子で話し続けた。

「王都の治安はいいですが、人混みでは今のように時々スリなどがおります。お気をつけください。では私はこれで失礼します」

「リュゼ、今夜の舞踏会には来るのかい？」

「はい。招待を受けておりますので」

「そうか。その時、また話せるのを楽しみにしているよ。君の近況も教えてくれ」

「はい、では」

リュゼは聖紋の刺繍《ししゅう》が入った聖堂騎士の白いマントを翻《ひるがえ》し、部下らしき騎士たちと去っていった。

少しよそよそしくも感じたが、アカデミー時代の友人と言えども、王族相手の上、職務中なのだから、リュゼらしい距離の取り方なのかもしれない。

元々アカデミー時代から礼儀正しく、更《さら》にあの容姿に加えアルファである彼は、社交界でも引く手数多《あまた》であったが、なかなか浮いた話を聞かなかった。ある意味堅物《かたぶつ》なのだ。そのため王族相手に卒業後も慣れ慣れしく声を掛けるとは、確かに思いにくい。

「なあ、アルヴィス。君、王子なんだから、顔が広いだろう？　リュゼの伴侶《はんりょ》探しに協力してやったらどうだ？　リュゼなんて、婿《むこ》を欲しがる貴族からしたら優良物件だろう？」

「自分の恋もままならないのに、どうして他人の世話をしないといけないんだ？」

アルヴィスがムッとして不満そうに言ってくるが、セインはそれを無視して話を続けた。

「リュゼなら、絶対いい伴侶に恵まれると思うんだけどなぁ……」

「お前がリュゼのことを好きだと言うのなら、リュゼに早く伴侶を見つけて、お前から引き離すが、そうでなければいらぬお節介だ」

セインはついアルヴィスを睨《にら》んでしまった。言葉の端々にセインへの未練が見え隠れするのが気に入らない。

「君も諦めが悪い男だな。しつこい男は嫌われるって知らないのか？」

「私は努力もせずに諦め、そして後悔することが、一番嫌いなんだ」

じっと見つめて言われ、セインは躰《からだ》の奥がざわつくのを感じずにはいられなかった。未練があるのは私のほうだ——。だから惑《まど》わされるようなことを言われるのが嫌で、苛《いら》つくのだ。

アルファ同士で次期国王同士。それは絶対に避けられない二人の間に立ちふさがる壁だった。セインの拳《こぶし》に知らず知らず力が入る。

「——アルヴィス、好き嫌いで物事の選択をするほど、私たちの立場は軽くはない。それに私は愚《おろ》かな男が嫌いだと知っているだろう？」

「なるほど、手厳しいな」

彼が苦笑した。

「わかったならいい。ほら、蜂蜜を買いに行くぞ」

セインは踵《きびす》を返し、既に軒先《のきさき》が見えている蜂蜜専門店『タジール』へと再び歩き始めた。アルヴィスも何も言わずについてくる。

こうやって少しずつ彼と距離を取っていったとして、いつになったら彼とこんな駆け引きめいた会話をしないで済む日がくるのだろうか。

セインは早くこの苦しい想いから逃《のが》れたかった。


夕刻から始まる国王主催の舞踏会には、マスタニア王国内の貴族や、親交のある諸外国の賓《ひん》客《きゃく》が招待されている。

セインもカミール王国の王太子であり、そして第一王子の親しい友人でもあるので招かれていたが、セインの他にもマスタニア王国の王族と親交の深い諸外国の王族が顔を出していた。一国の建国祭にしては、招待客の面々が凄いことになっている。たぶんセインも含め、皆、マスタニア王国の治安が良くなったことをアピールするために協力しているのだろう。

国王の隣にはアルヴィスの母でもある王妃、そして第一王子で次期国王と目《もく》されるアルヴィス、第二王子のカレウス、第三王子のジュリアンが順に並び、さらに国王の向こう側には錚々《そうそう》たるマスタニア王国の王族が揃って、それぞれ招待客を歓待していた。

セインは第三王子のジュリアンに気付かれないよう、さりげなく彼に視線を遣《や》る。ジュリアンは去年カミール王国の王立アカデミーに入学した十五歳で、先日アルファに覚醒《かくせい》したばかりと聞いているが、少年の面影《おもかげ》を残す可愛い王子だった。

確か、アルヴィスが末弟は何をやらせても呑《の》み込《こ》みが早いと褒めていたっけ……。

そんなことを考えていると、ふと第二王子のカレウスと目が合った。セインが笑みを浮かべると、彼は笑みを返しつつ耳元に手をやって、セインがピアスをしていることをさりげなく喜んでくれる。気が進まないままつけたピアスであったが、カレウスの喜ぶ顔を見て、セインの気分が少しだけ浮上した。喜んでくれたカレウスに、何となく実の弟のレザックやリシェルと重なる部分があったからだ。

このピアスのことはカレウス殿下の顔を立てて、百歩譲《ゆず》って……いや一万歩譲って、今夜は仕方ないと思うことにしよう……。

やっと自分を納得させることができ、セインは小さく頷いた。

マスタニア王国の建国祭は年に一度の国内行事で、各地方にもお祭りが催され、王侯貴族、臣民共に盛り上がる祭典でもある。

王宮の大広間には既に多くの招待客が集まっていたが、その中でもセインの美貌《びぼう》は大陸においても名高く、招待客はセインの姿を見て色めき立っていた。

「カミール王国のセイン殿下でいらっしゃるわ。今年の建国祭にはいらしていたのね。我が国の治安が回復したということかしら」

「それもあるかもしれませんが、アルヴィス殿下の一番の御親友ですもの。今までいらっしゃらなかったのが不思議なくらいですわ。今年はやっとご都合をつけられたのね」

セインはアカデミーを卒業してからずっと、いろんなことを言い訳に使い、アルヴィスからの誘いを断っていた。今年、彼が強硬手段でカミール王国までやってこなかったら、また断っていただろう。だがそんな現状を知らない招待客らは、セインとアルヴィスの友情を、さも美談のように噂した。

「我が国は去年までは治安がお世辞にもあまり良くありませんでしたから、アルヴィス殿下がセイン殿下のことを気遣って、招待なさらなかったのかもしれませんぞ」

セインもたぶんそんなところだと思っていた。治安が安定したため、アルヴィスは久しぶりに転移魔法を使って、セインを強引に招待するという手段に出たに違いない。

「きっとそうですわ。アカデミー時代からのご学友ですから、セイン殿下へのお気遣《きづか》いも人一倍でしょう」

誰もセインとアルヴィスがかつてセフレで、卒業と同時にその縁を切ったとは思ってもいないようだった。すると一人の紳士が何でもないようにさらりと口にする。

「セイン殿下がオメガ……ああ、カミール王国はオメガの王子は他国へ嫁《とつ》げないんでしたな。そうしたらベータでいらっしゃっても、セイン殿下なら我が国の次期王妃の最有力候補者であられたでしょうに。まったく残念ですな」

セインは思わず手に持っていたワイングラスを落としそうになるが、どうにか平静を装った。

もし自分がベータに覚醒していたら——。

そんなことを考えそうになってセインは軽く首を振った。考えるだけ無駄だからだ。どんなことがあろうが自分はアルファであり、その力は三兄弟の中で一番強く、それゆえに王太子に選ばれた。それ以外のことを考えても意味がない。

そして意味がないものに縋《すが》りたくはなかった。

「ああ、でも、お二方ともアルファでいらっしゃるから、それぞれ伴侶を得て、二組で揃われる姿を目にするのも楽しみではありますな」

招待客たちはセインとアルヴィスを期待に満ちた目で交互に見比べる。すると今度は別の婦人が口許をそっと扇で隠して何やら話し始めた。気になるが、いきなり彼らに話し掛けたら不自然なので、無関心を装った。だが、

「ピアスッ！」

突然、その輪の中にいた婦人の一人が大きな声を上げた。皆が振り返る中、叫んだ婦人は真っ赤になって扇で顔を隠している。その隣には先ほど口許を扇で隠して何かを話していた婦人が慌てたように、顔を隠している婦人に声を掛けていた。

その一方、最初の婦人の声に連鎖して周囲の婦人方から急に『ピアス、ピアス、ピアス……』とざわめきが起こった。

しまった――！

セインは慌てて片手で片耳を隠すが、既に手遅れだった。カレウスから渡されたアルヴィス

の瞳の色のピアスが、セインの右側の耳にぶら下がっているのが見つかったようだ。

髪でどうにか隠していたのだが、金色の鎖《くさり》でゆらゆらと靡《なび》く華奢なタイプのピアスのため、どうしても髪の隙間から出てしまう。

「ちょっと待ってくださいませ。あれ、アルヴィス殿下もつけていらっしゃいませんこと？　殿下の左耳をご覧になって……」

「いっ……色違い……はぅ……お互いの瞳の色をおつけにっ……」

婦人方の声は次第に大きくなり、しっかりとセインのところまで届いていた。だが絶対に聞こえているはずのアルヴィスはまったく聞こえぬ振りをして、話し掛けてきた招待客に笑顔で接している。

これは弟のカレウス殿下からのプレゼントで魔道具だと皆に伝えられれば、この何か変な空気というか、あらぬ誤解が一気に解消されるはずだ。

アルヴィス、フォローを入れろ！

睨みつけて心の中で念じるが、彼に伝わるはずもなく、アルヴィスはこちらを見ようともしなかった。

こうなったら自分で彼女たちに説明を——。

好奇の目に晒《さら》されることに我慢できず、婦人方のほうへ歩こうとした時だった。セインに話し掛ける青年が現れる。

「セイン殿下、ご無沙汰《ぶさた》しております」

声がした方に目を向ければ、可愛らしい顔立ちをした青年が立っていた。

ダリル・ド・サティス。アルヴィスとセインのアカデミーの同級生であり、ここ、マスタニア王国の外務大臣、サティス伯爵の次男で、ベータでもあった。

「ダリル……」

だがあまり嬉しい邂逅《かいこう》ではなかった。ダリルとは昔から馬が合わなかったからだ。何しろこの青年はアルヴィスの信奉者で、いつもセインを目の敵《かたき》にしていた。

「セイン殿下、そのピアスは魔道具ですか？」

彼の言葉にセインは思わず片方の口端を上げてしまった。人の悪い笑みを浮かべたことは自覚しているが、彼にしてはあまりにもいいタイミングで『魔道具』という言葉を出してくれたのだから仕方がない。

「ああ、そうなんだ。カレウス殿下がプレゼントしてくださったんだよ」

「そうでしたか。僕もアルヴィス殿下がプレゼントされたとは、全然思ってはいなかったので、どうされたのかなと気になっていたんです」

亜麻色《あまいろ》の髪に初夏の森を思い出させるような鮮やかな緑色の瞳がにっこりと細められた。可愛らしい容姿に似つかわしくない毒舌ではあるが、昔からそこにギャップがあって可愛いと、意外に人気がある。だが何かとセインに絡んでくるので、セインとしては面倒臭《めんどうくさ》い相手なのだ。

「ああ、よく見ましたら、アルヴィス殿下の美しく燃えるような赤い瞳とは、まったく別物の赤色の宝石ですね。紛《まぎ》らわしいことをカレウス殿下もされましたね。はは……」

ダリルの目が笑っていないが、セインも同じなので、うすら寒い笑顔の応酬《おうしゅう》である。

「ああ、本当にそうだな。まったく似ていない。ダリル、悪いがこれはカレウス殿下のプレゼントだと、変な誤解をしている皆さんにそれとなく伝えておいてくれないか」

ダリルなら、セインとアルヴィスの仲を否定するような噂だったら喜んで流すだろう。そう思って頼んでいると、横から急に声がした。

「セイン、そんなことをわざわざ言うほうがおかしいと思うぞ」

先ほどまで招待客と歓談していたアルヴィスが割り入ってきたのだ。

「そんな言い訳がましいことを会場中に伝えるように頼むなんて、ダリルにもいい迷惑だろう？　な、ダリル」

軽くウィンクをしてダリルに声を掛けると、ダリルが顔を赤くして急にあたふたし始めた。セインへの態度とはまったく違う。

「迷惑だなんて……。あ、アルヴィス殿下、ご無沙汰しております。今夜はご招待ありがとうございます」

「今夜は一人か？」

「いいえ、妹のエスコートを」

ダリルの声にアルヴィスが視線をホールの向こう側へ向ける。セインも一緒に視線を移した。

そこにはダリルの妹が友人であろう令嬢と楽しくおしゃべりをしているのが見えた。

「おや？　サティス伯爵は？」

「父は陛下から用事を頼まれているとのことで、後で参ります」

「また父が何か我が儘なことを言ったのだな」

「そんなことはありません」

「ダリル、畏《かしこ》まるな。それよりこのピアスはどうだ？　カレウスが作ってくれたんだ。なかなか出来がいいと思わないか？」

セインとダリルの会話を聞いていたのか、いなかったのか、さりげなくアルヴィスが自慢げにスミレ色の宝石がついた魔道具であるピアスをダリルに見せつけた。

火に油を注ぐとはこのことだ。ダリルの笑みがひくつく。

「そ、そうですね。とても繊細《せんさい》なデザインで美しいと思います。カレウス殿下も腕を上げられましたね。魔道具としてだけでなく、アクセサリーとしても、とても素敵なものだと思います」

アルヴィスはセインとダリルの仲の悪さを知ってはいるが、昔からそれを上手く利用して、自分の都合のいいように持っていくところがあって、今もまさにその状態だった。

セインとアルヴィスがお揃いのピアスをしていることに嫉妬《しっと》しているダリルに、そのピアスを褒めさせるのだから、お見事としか言えない。逆にダリルのことが可哀想《かわいそう》になってくるくらいだ。

「良かったな、セイン。ダリルは流行には敏感な男だ。その彼がピアスを褒めてくれたんだ。堂々とつけるがいい」

「何が、堂々とつけるがいい、だ。迷惑でしかないんだが？」

この三人にしか聞こえないくらいの小声でセインが言い返す。

「セイン殿下、その言い方は、いくらなんでもアルヴィス殿下に失礼でしょう」

ダリルが大きな瞳でじろりと睨んでくるが、まるで子リスのようで迫力がない。

「気にするな、ダリル。こいつは昔から恥ずかしいとツンツンするんだ」

「しません」

即反論する。

「セイン殿下、そんな言い方を……。もしあなたがカミール王国の王太子でなければ、魔法で決闘《けっとう》を願うところですよ！」

ダリルのその言い方も大概《たいがい》失礼であると思うが、彼はベータであっても、この見た目に反してかなり魔法力がある。更にアルヴィスに対しても忠誠心に篤《あつ》い男なので、セインと多少気が合わなくとも、アルヴィスの側近の一人として重要な男だった。

それに、何だかんだ言っても、アカデミー時代、長い時間一緒にいたのも確かで、結局は友人の一人のようにもなっていた。アルヴィスが繋げた縁だ。

私一人だったら、ダリルとは縁がなかっただろうな……。

こうやって自分の人間関係にもアルヴィスが影響していることに、セインは気が付いてしまった。

知らないうちにこいつは私の人生のあらゆるものに深く絡みついているんだな……。

それをすべて『無』にすることは難しいかもしれない。改めてアルヴィスと今まで築き上げてきた縁の深さを感じた。

「サティス殿、久々の旧友との再会に、お話が盛り上がっていらっしゃるようですね」

ダリルにいきなり声が掛けられる。セインも一緒になって視線を上げると、三人の前にはマスタニア王国の魔法省長官、マークレイ侯爵の姿があった。親しい間柄《あいだがら》でもない限り、爵位の高い者から声を掛けるのが社交界のマナーだ。そのためマークレイ侯爵はまずダリルに声を掛けたのだ。ここでは、マークレイ侯爵は王族であるセインから声を掛けられるまでは挨拶《あいさつ》ができない。セインは慌てて挨拶をした。

「マークレイ侯爵、お久しぶりです」

「セイン殿下、こちらこそご無沙汰しております。先ごろ王太子に選ばれたとのこと、お祝い申し上げます」

「ありがとうございます。立太子式はまだですが、マスタニア王国との友好関係をより良好なものにしたいと思っておりますので、今後ともよろしくお願いします」

「セイン殿下が王太子になられるとは、我が国も心強いですな。こちらこそよろしくお願いします」

隣国の魔法省の長官とツテがあれば、弟のレザックの役に立つことがあるかもしれないと下心を持ちつつ、セインは渾身《こんしん》の笑顔をマークレイ侯爵に向けた。するとそれを遮るかのようにアルヴィスがセインの前に立ち塞《ふさ》がる。

「マークレイ侯爵、お忙しいところ今夜はお越しくださって、ありがとうございます」

「こちらこそお招きありがとうございます。アルヴィス殿下、魔法省はすっかり暇ですから、お気になさらずに」

ん？

アルヴィスの背後で二人の会話を聞いていたセインは、この二人の仲があまりいいようには感じなかった。マークレイ侯爵が挨拶から早々に立ち去ってから、セインはさりげなく防音の魔法を使って自分たちを周囲から遮断《しゃだん》すると、小声でアルヴィスに尋ねた。

「あの人と何かあるのか？」

アルヴィスもセインが魔法を使ったことに気が付いたようで、気軽に答える。

「何もないさ。ただ『聖なる光の民』がここのところ大人しいから、研究に没頭《ぼっとう》したいと提案されたのだが、まだ気を抜くなと注意したら、少しへそを曲げられただけだ」

「なるほど……」

セインが頷くと、隣にいたダリルが説明を足した。

「魔法省の長官は『聖なる光の民』と敵対することに元々反対されていますしね。早くこの件から手を引きたいのでしょう」

どうやらマスタニア王国の内部でも『聖なる光の民』に対して意見が分かれているようだ。

「長官のおかしな動きも見過ごせないですしね」

「おかしな動き？」

「ダリル、これ以上、他国の人間に情報を流すな」

アルヴィスの言葉が急に鋭い刃になってセインの胸に突き刺さった。

他国の人間。確かにそうだ。間違いない。だがそれをわざわざアルヴィスから言われたことに、どうしようもなく傷つく自分がいた。躰《からだ》の関係を清算し、彼とはあまり関わらないように生きて行こうと思っていたのに、だ。

己の心がままならないことをセインは思い知るしかなかった。だからこそみっともなくも嫌みが口から突いて出る。

「他国の人間？　そうだな、私は君とは相いれない他国の人間だった。ダリル、それ以上教えてくれなくてもいいからな」

そう言ってやると、アルヴィスが慌てた様子で弁明し始めた。

「セイン、そうじゃない。はぁ……勘違いするな。不穏な話を耳にすれば、お前は首を突っ込むだろうが。それをさせたくなくて……すまん、言い方が悪かったな」

言い方は悪くない。排除されるような言い方は寧ろセインが望んでいるものだった。怒る必要はない。ただ自分が王立アカデミーを卒業してから五年も経ったのに、彼に未《いま》だ心を残していたのを、自分でも見極めきれていなかったのが悪かったのだ。

セインは首を横に振った。

「いい、いくら魔法をかけてあっても、こんな場所で話す内容ではないだろう？」

「そうだが……」

アルヴィスが何かを話したそうな表情をしたが、それを無視して招待客のほうへ視線を向ける。するとセインとは気が合わないが、そこそこ気を回すダリルが口を開いた。

「こんな場所で話した僕が悪うございました。この居たたまれない空気、止めていただけますか？　セイン殿下」

「君が私に謝るなんて、明日は槍《やり》でも降るんじゃないか？」

ダリルのお陰でそんな茶化した言葉が口にできる。セインは少しばかり安堵《あんど》した。

「僕も悪いと思った時は素直に謝りますよ。どなたかのように腹が真っ黒ではありませんから……あ、リュゼだ」

ダリルの言葉にセインも会場の出入り口に目を遣る。そこにはリュゼが今到着した様子で入ってくるのが見えた。途端に、どこからともなく女性の黄色い声が控《ひか》えめに飛び交う。

「リュゼ様だわ」

「氷の騎士様」

リュゼの周囲には遠巻きに婦人が集まっていた。アルヴィスも人気であるが、次期国王と目されていることもあり、気軽に話しかけられないためか、リュゼには話しかける婦人が多い。

リュゼはいわゆるエリートコースを進む魔法騎士である上に、伯爵家の次男でアルファだ。婿としてはこれ以上いい条件はない。そのため一人娘を持つ貴族らがこぞってリュゼを狙っていた。婦人たちに囲まれて困っている様子のリュゼが、セインたちに気付き、婦人たちを振り切ってこちらへと歩いてくる。アルヴィスに挨拶をしてくると言って、婦人たちを諦めさせたに違いなかった。

「リュゼ、遅かったな」

「このたびは招待いただきありがとうございます」

「相変わらずもてるな、リュゼ。今のように、私をダシにして婦人を振るのは止めてくれないか。私が恨みを買うだろう？　私が婦人に刺されたら、お前のせいだからな」

「滅相《めっそう》もございません」

街で会った時もリュゼのことを少しよそよそしく感じたが、今もアカデミー時代より、かなり固い感じがした。やはり大人になると身分により接する態度も変わるのかもしれない。

「リュゼはアカデミー時代からもてたからな。その頃からのアルヴィスへの婦人たちからの恨みと考えると、かなりの数かもしれない。夜道に気を付けろよ、アルヴィス」

「そうだな、気を付けないといけないな」

セインとアルヴィスの冗談のやりとりに、リュゼが困った顔で笑った。その時だった。

ドォン……。

鈍《にぶ》く低い爆発音が遠く外から聞こえてくる。会場の生演奏の音に掻き消されそうな大きさの音だったが、セインの耳にははっきり捕らえられていた。

「アルヴィス」

セインの声にアルヴィスが無言で頷いた。彼にも聞こえていたようだ。そしてそのまま父親である国王の傍へ寄ると、耳元に顔を寄せて囁く。

「父上、外が騒がしいようですので、しばし席を外すお許しを。あと王宮内の警備の強化をお願いします」

「ああ、わかっておる。できるだけ招待客に気付かれないよう細心の注意を払うのだぞ。だが対処できないことがあれば、すぐにこちらに援軍を要請《ようせい》しろ。いいな」

「はい。では、失礼します」

アルヴィスは小さく頷くと、そのまま誰にも事件を悟られないよう、優雅な足取りで招待客に笑みを向けながら会場を出て行く。セイン、そしてダリル、リュゼもアルヴィスの後を追って、大広間を出た。

「アルヴィス！」

会場を出た途端、アルヴィスは走り出したようで、かなり前を走っていた。彼が進む先の中庭には、既に十人以上の騎士が待っているのが見えた。あれが噂のアルヴィスの直属の少数精鋭の近衛《このえ》騎士団『閃光《せんこう》の騎士団』なのだろう。どうやら緊急事態に備えて待機させていたようだ。

置いていかれるものか——！

セインは自分の後ろを走るリュゼに振り返り、声を掛けた。

「リュゼ！　今すぐに馬を手に入れるにはどうしたらいい？」

「すぐに必要と言うのなら、アルヴィス殿下の馬に飛び乗るしかないです！」

最も避けたい選択を提示される。

「それが嫌だから聞いているっ！」

「厩舎《きゅうしゃ》から馬を連れてくるという手がありますが、殿下にかなり遅れることになるかと」

くそっ——！

迷っている暇はない。アルヴィスと相乗りをするしかないのか。そう心に決めかけた時だった一番後ろを走っていたダリルが声を上げた。

「アルヴィス殿下と相乗りなんて、絶対認めませんからっ！　セイン殿下、我が家の馬をお貸しします！」

思いがけないことを言われてセインはダリルに聞き返した。

「ダリル、君、馬なんて乗って来たのか？」

「父が陛下に頼まれた用事があって遅れて来る予定だったのですが、今、到着したみたいです」

ダリルが走りながら横を指さす。そこにはダリルが言ったようにまさに今到着したばかりの馬車があった。そしてその周囲には馬に乗った護衛騎士が数人いる。

「なるほど！」

あの護衛騎士の馬を借りればいいのだ。それならダリルやリュゼの分もある。

「ダリル、馬を借してくれ！」

「貸しますよ！　アルヴィス殿下と相乗りなんて絶対させませんから！」

どうやらアルヴィス信者のダリルの嫉妬から来た提案のようだが、セインにとってはどうでもよかった。取り敢《あ》えず別れたセフレの腰に摑まるような事態を回避できたことが一番重要だ。

セインはダリルと一緒に馬車まで走り寄った。馬車の中にいたダリルの父、外務大臣でもあるサティス伯爵に、ダリルが状況を簡単に説明し、すぐに護衛騎士の馬を借りることができた。

「アルヴィスを急いで追うぞ」

既にアルヴィスの直属の近衛騎士団『閃光の騎士団』は出発している。セインたちはそれぞれ馬に乗り、その後を追った。

夜空に昇る白い煙が王都の中央広場のほうに見える。だがセインはアルヴィスがそれとは違う方向へ向かったのを目にしていた。

「セイン殿下、どちらへ？　騒ぎがあったのは中央広場ですよ？」

セインが中央広場ではなく、アルヴィスが向かった方向へ馬の鼻先を向けると、リュゼが問いかけてきた。

「わからない。だが、あいつが行った先が正解だってことだけはわかる。行くぞ！」

三人はアルヴィスが走っていった後を追った。


薄暗い林の中を、月明かりを頼りに馬で駆け抜ける。風の音がびゅうびゅうと鼓膜を震わせた。

石畳《いしだたみ》が敷かれていない土が露《あら》わになった道には、月明かりに照らされた複数の馬の蹄《ひづめ》の跡が残っている。アルヴィスたちが駆けていったに違いなかった。やがて風の音に、剣戟《けんげき》の響きが混じり始める。

「リュゼ、この先だ！」

「ええ」

リュゼが腰にあった剣を抜いた。先ほどのダリルの父、サティス伯爵の護衛騎士から借りたものだ。使い慣れていない剣だと思うが、かなり優秀な魔法騎士のリュゼなら、大丈夫だろう。

「はっ」

セインは馬のスピードを上げた。馬の荒い息遣いが蹄の音と共に薄暗い林の中に響き渡る。きっとアルヴィスにも、そして敵側にも聞こえているに違いなかった。

「見えた！」

アルヴィスたちが頭からすっぽりと外套《がいとう》を被《かぶ》った男たちと戦っている。男たちは口許をマスクで隠しているので、目しかみえないが、剣と魔法を使った高度な戦いを見せていた。すぐにセインは敵の正体を察し、身構える。かなり高度な魔法を操り、王家に仇《あだ》なす輩《やから》といったら、彼らしか思いつかない。

「あれが『聖なる光の民』の兵士か……」

初めて彼らの姿を見たと言っても過言ではなかった。セインの国、カミール王国ではその存在はあっても、あのように武装した姿を見たことがなかったからだ。

この国の先代の王が悪政を敷いたために生まれた別の集団と思ったほうがよいかもしれなかった。本来『聖なる光の民』とは、あくまでも魔法力第一主義の思想を持つ人々のことであり、武力で国をどうにかしようとする集団ではない。

「ダリル、君は後方支援だ。我々の死角を補ってくれ！」

後方を走るダリルに大声で指示する。

「は、はいっ……」

震えたダリルの声がセインの耳に届いた。ダリルが実戦に慣れていないのは知っているので、後方を任せる。

「行くぞっ、リュゼ！」

セインは更に馬のスピードを上げ、腰から剣を抜いた。リュゼと共に疾駆《しっく》すると、マスクで顔を隠した敵がこちらに立ち向かってきた。一瞬で敵味方が入り乱れる。馬に乗っていては応戦がしにくく、セインは馬から飛び降りた。すぐに敵が魔法を使った攻撃を仕掛けてくる。

「セイン！」

アルヴィスがこちらに振り向くのと同時に呪文を口にして攻撃魔法を繰り出してきた。セインたちに飛び掛かろうとしていた敵の兵士らが吹っ飛ぶ。すかさずセインも呪文を素早く口にして、地面に倒れた彼らを呪縛《じゅばく》した。これで指一本動かせないはずだ。

「セイン、どうしてここに来たんだ」

アルヴィスが敵と交戦しながらセインの元に寄ってくる。

「君が飛び出していったからだろう。こちらとしては、追わずにはいられない。なんだ？　見捨てられたかったのか？」

冗談半分に意地悪く言ってやると、アルヴィスが片眉を器用に動かした。

「まったくお前は……。だが正直、助かった。ピアスの魔道具でお前と魔力を交換したせいか、私の攻撃の威力が落ちていたところだった。お前が来た途端、元の力に戻ったんだ」

「なるほど、自分の魔法力を犠牲にしないと、相手の魔法力を得られないのか。そんなことなら慣れないものをつけるんじゃなかった……っ」

セインは話しながらも敵が振り下ろしてきた剣を躱《かわ》して相手の懐へ滑《すべ》り込《こ》み、その剣を思いきり叩き落とした。同時にみぞおちに一発食らわし相手を気絶させ、そのますぐに魔法で躰の自由を奪う。これで相手が立ち上がることはないはずだ。

「大丈夫か、セイン」

「見ての通りだ」

かすり傷ひとつない自分をアルヴィスに見せると、彼が鼻で笑った。

「アカデミー時代から腕は落ちていないようだな、セイン」

「卒業後も毎日訓練をさせられているからな。君こそ相変わらずの腕前で安心したよ」

戦況はこちら側が優勢だった。既にほとんどの敵兵が制圧されている。残りはボスらしき男が一人だった。こんなに早く制圧できたのは、アルヴィスが『閃光の騎士団』を連れて来たお陰だろう。

「さっさと片づけよう、アルヴィス」

セインがそう言った時だった。大きな地響きが聞こえた。

「な……なんだ？」

キイエエエエエエッ！

いきなり甲高《かんだか》い声が木々を震わせる。目の前には幻獣、グリフォンが今にも襲い掛からんばかりに両翼を大きく広げていた。

グリフォンはライオンの胴体に鷲《わし》の頭と翼を持つ、本来ならマスタニア王国から遥《はる》か西の砂漠に生息する幻獣だ。鋭い爪と嘴《くちばし》を武器として、人間など簡単に切り裂いてしまう。

「なっ……召喚《しょうかん》したのか？」

グリフォンの足元には召喚術で使う魔法陣が描かれていた。召喚術はかなり力のある魔法師しか使えない。フードを深く被《かぶ》って顔を隠している男だが、どうやら最後の一人まで残っただけはあるようだった。

ヴァサッ！

グリフォンがひと羽ばたきするだけで、猛烈な風が襲ってくる。アルヴィスや騎士たちは耐えて立つのがやっとだった。

「下がれ！」

アルヴィスの指示に騎士たちが一斉《いっせい》に下がり、グリフォンの攻撃に備える。だが鋭い動きのグリフォンはそんな騎士たちを翼で叩くようにして吹っ飛ばした。

「うわっ！」

リュゼが、木に背中をぶつけ気を失うのがセインの視界に入った。

「リュゼッ！」

「大丈夫です。僕がフォローします！」

すかさず後方を支援していたダリルが現れ、気を失ったリュゼを引きずって林の中に身を隠してくれた。だがその様子にセインが一瞬気を取られた時だった。

「セイン！　危ないっ！」

グリフォンの爪がセインを襲う。

「っ！」

セインは素早く呪文を口にし、グリフォンとの間に防御の壁を発動させた。アルファの力が強い人間は、必然と魔法力も強くなる。セインのそれも例外ではなかった。

セインの防御陣が寸前のところでグリフォンの鋭い爪を弾《はじ》く。だがグリフォンは一度の攻撃で諦めることなく、何度も攻撃を繰り返してきた。防御陣が攻撃を受けるたびに、大きな火花が辺りに飛び散る。それでも尚、セインの防御陣が破られることはなかった。

セインはそのまま防御陣を大きくして、味方全員が攻撃から逃れられるようにする。

「セイン、タイミングを見て、このまま防御陣を私の部分だけ一旦《いったん》解いてくれ。グリフォンとあの魔法師を一気に攻撃する」

「気を付けろよ。君が怪我をしても私は治癒力《ちゆりょく》の魔法は持ってないからな」

「大丈夫だ。お前のキス一つで私は蘇《よみがえ》る」

「なら一生、蘇るな」

軽口を叩きながらもセインとアルヴィスはグリフォンの動きを正確に見極める。

「セイン、今だ！」

アルヴィスが叫ぶと同時に、セインは防御陣を解いた。グリフォンが一人飛び出したアルヴィスを狙って嘴で攻撃してくるのを、アルヴィスは一瞬の差で避ける。

ズシィィィン！

大音響と共に、グリフォンの嘴が地面にのめり込んだ。めきめきと音を立てながら、地面から嘴を抜く間に、アルヴィスはグリフォンを召喚した敵の魔法師を狙って攻撃した。

アルヴィスのアルファの力はセインより上かもしれないほどの強さだ。当然、彼の力を百パーセント充満した魔法力は、かなり腕の立つ魔法師でも苦戦を強《し》いられるレベルだった。案の定、アルヴィスの一撃で敵が吹っ飛んだ。

「殺すなよ、アルヴィス！」

「わかっている。生け捕りにする……っ」

「生け捕りになどにされるものか」

初めて魔法師が口を開いたかと思うと、彼の口許から血が零れた。すると捕らえていた他の敵兵も次々と吐血して絶命する。敵の魔法師は、自分が捕まると悟った途端、仲間を道連れにしてその場で自害したのだ。

「なっ……」

驚いてアルヴィスが魔法師に近づこうとした瞬間、グリフォンが彼を狙って片足を振り上げた。

「アルヴィス、危ないっ！」

セインの声に、アルヴィスは本能的にその場から僅《わず》かに躰を横にずらす。刹那、断頭台の刃でも落ちて来たのかと思うほどの勢いで鋭いものがアルヴィスの髪を掠《かす》めた。気付けば、今いた場所にグリフォンの爪がのめり込んでいた。

「くっ……」

アルヴィスの頬から薄っすらと血が流れる。どうやら風圧で切れたようだ。

「アルヴィス！」

セインは危険を顧《かえり》みず、アルヴィスへと駆け寄る。

「来るな！　セインっ」

アルヴィスの右手からピシッと光が走ったかと思うと、雷《いかずち》のような光がグリフォンに向かって放たれる。だが同時に怒り狂ったグリフィンの嘴がアルヴィスに振り下ろされた。

「アルヴィスッ！」

ズシィイイン！

大地が大きく揺れる。一瞬、時が止まったような気がした。

「あ……」

間の抜けた声がセインの口許から零れ落ちる。一方、アルヴィスの赤い瞳は逸《そ》らされることなく、グリフォンを睨みつけていた。

「間一髪だった……」

セインは思わず安堵の溜息を吐きながら呟いた。今にもアルヴィスを突き刺そうとしていた嘴は、セインの放った防御陣に阻《はば》まれていたのだ。

ギャァァァァァッ！

グリフォンの断末魔の叫びが暗い林に響き渡った。アルヴィスの攻撃魔法は、見事グリフォンの躰を切り裂いており、グリフォンはそのまま大きな振動と共に地面に崩れ落ちた。

「できるだけ痛みなく、逝《い》ってほしい――。すまなかった」

アルヴィスの声に反応してグリフォンが光に包まれる。そして無数の光の粒《つぶ》となり、夜空へと舞い上がった。アルヴィスが弔《とむら》いもしたということなのだろう。きらきらとした光が天へと昇り、やがて消えていった。

グリフォンにとっては、いきなり召喚されたことで興奮して狂暴化したに過ぎなかった。この幻獣も『聖なる光の民』の犠牲にされたのだ。セインの胸に怒りが込み上げる。

ふと辺りを見回すと、今まで激しい剣戟が響いていた林が、一転して静寂な夜の空気に包まれていた。その静寂を破るかのようにアルヴィスが溜息を吐く。

「はぁ……。せっかく上手くいきそうだったのに、まさか自害するとは。また一から罠《わな》を張って、やり直しか」

その声に、セインは今回の急襲をアルヴィスが予測していたような気がして、彼に視線を向けた。

「罠？　どういうことだ？　そういえば、爆発は王都の中央広場辺りだったというのに、それとは違うここに来たのも意味がわからない」

白煙は間違いなく中央広場の辺りから立ち上っていた。だがアルヴィス一行は迷いなく王都の外れの林へと向かった。何か意図があったに違いない。

「中央広場には元々大勢の兵士を配置している。敵が網の目を掻《か》い潜《くぐ》ってきて騒ぎを起こしても、捕まえられるようにしていた」

「だから行かなかったと？」

「我々の軍が中央広場を警備している情報は、『聖なる光の民』に筒抜けだろう。それにこちらもわざわざ目立つようにしたからな。だからこそ、彼らがそこを狙うというのは『目くらまし』の意味が強いと思っていた」

「目くらまし？」

「ああ、彼らは私たちを中央広場におびき寄せたかったのさ。だから目くらましに爆発物を仕掛けたに違いない。そうしたら私たちが血気盛んになってやって来るとでも思っていたのだろうな」

「でも、目くらましじゃなかったら……？」

「言っただろう？　我が軍が配置してある。万が一、爆発が目くらましではなく実際何かあったとしても、取り押さえられるだけの兵力を中央広場にはあらかじめ投入していたから、今更私が行くことはなかったんだ」

「なるほど……、だが何故この林に来た？」

セインにはまったくその理由に見当がつかなかった。アルヴィスはやみくもに走った訳ではない。実際、目的地には敵兵がいたのだから、何かしら彼は知っていたはずだ。

「この林こそこちらが仕掛けておいた罠だ。この林の周辺だけ、あらかじめ警備を手薄にしておいた。もちろん相手に違和感を与えない程度にな」

どうやらわざと警備を手薄にして、敵をおびき寄せようとしていたようだ。

「その罠に彼らが上手く引っ掛かってくれたんだ。彼らは我々を中央広場におびき出しているうちに、ここで本格的に反撃の狼煙《のろし》を上げようとしていたのだろう。それこそ我らの手のひらの上での話だがな」

アルヴィスがにやりと人の悪い笑みを浮かべる。彼に懸想《けそう》するご婦人方に見せてやりたいほどの悪辣《あくらつ》な顔だった。

「はぁ……、アルヴィス、君の性格の悪さが国のためになった一件だな」

確かに自分たちまで爆発に釣られて中央広場に行っていたら、この林からの王宮襲撃に間に合わなかっただろう。だが、もう一つの仮定、もし我々が相手に騙《だま》されて肩透かしを食らうことがあったとしても、王宮には国王陛下直属の最強騎士団がいる。簡単に攻め入られることはないとすれば、アルヴィスたちが戻ってくる時間も稼《かせ》ぐことができるはずだ。

なるほど、幾重にも仕掛けた罠か……。

セインがアルヴィスの作戦に感心していると、それまでリュゼの様子を見ていたダリルがふと前に出て、息を引き取った敵兵の外套を手に取った。

「やはり……。これは我が国の騎士への支給品です」

「支給品だと?」

マスタニア王国の騎士には、制服など任務に必要なものは国から支給される仕組みになっている。マスタニア王国はあまり豊かな国ではないが、国を守ってくれる騎士に対しては充分な待遇を与えていた。対魔法仕様が施《ほどこ》されている外套の支給もそのひとつだった。

ただ支給品は厳しく管理され、部外者が手にすることは簡単ではない。

「……魔法省が横流しをした?」

ダリルがぽつりと呟いた。セインもすぐに先ほどの舞踏会で会った壮年の男を思い浮かべる。マークレイ侯爵。魔法省長官で、舞踏会で挨拶をした後にダリルが何か言おうとしていた御《ご》仁《じん》でもある。

「ダリル、滅多なことを口にするな」

アルヴィスの声が珍しく真剣味を帯びていた。

「失礼しました」

ダリルが慌てて謝罪を口にするが、アルヴィスはそれについて何か言うことはなく、指示を出した。

「ダリル、リュゼは任せられるか？」

「はい」

「怪我人を乗せる馬車を手配させる。馬車が到着するまで怪我人と一緒にここに残ってくれるか？　もちろん他にも騎士を残していく」

「ええ、大丈夫です」

リュゼは聖堂騎士だ。聖堂騎士と近衛騎士は普段から折り合いが悪いので、敢えてダリルにリュゼのことを頼んだのだろう。

「私とセインは先に陛下に報告に戻る」

そういってアルヴィスが馬にまたがる。セインも馬にまたがると、騎士たちも帰城の準備をし始める。ふとセインはアルヴィスが手に怪我をしていることに気付いた。

「アルヴィス、手を怪我したのか？」

彼のグローブが少しだが赤くなっている。たぶんグリフォンの攻撃で怪我をしたのだろう。

「大したことはない。放っておけば治る」

「さっき言っただろう。君が怪我をしても私は治癒力の魔法は持ってないからなって……。城に帰ったら、治癒師に治してもらえよ」

「はいはい」

アルヴィスが面倒臭そうに適当に相槌《あいづち》を打ったので、セインは彼をキッと睨んだ。

「もういい。その手では手綱《たづな》を握るのが痛いだろうから、私が乗せて行ってやろうかと思っていたが、一人で帰れ」

「え……」

何故か、アルヴィスが固まった。不可解な彼の動きにセインは声を掛ける。

「なんだ？」

「……セイン、乗せてくれるつもりだったのか？」

改めて言われ、自然とセインの顔が熱くなるが、冷静な声で対処《たいしょ》した。

「何か文句があるのか？」

「いや、乗せてもらおうかな。お前の細い腰に手を回しても怒られないんだろう？」

「は？」

セインが呆気《あっけ》にとられていると、アルヴィスが人の悪い笑みを浮かべる。

「正々堂々とお前のその細い腰が抱けるチャンスだ」

莫迦《ばか》なことを言われて、セインは軽い頭痛を覚えた。

「……悪いが他の騎士と一緒に帰ってくれ。私は一人で戻る」

セインはくるりと馬の踵を返す。

「な、ちょっと待て、セイン！　ほんの冗談だ。本気で怒るなよ」

彼が慌ててセインの隣に馬を寄せて話し掛けてくるが、セインはそれを無視して、馬の腹を軽く蹴って帰途に就いたのだった。


セインは城に戻り、アルヴィスがマスタニア国王に報告に行っている間に、簡単に湯あみを済ませ、王国側が用意した豪奢な衣装に着替えていた。

セインのスミレ色の瞳と同じ色のフロックコートは、品良く輝く真珠が金糸の刺繍《ししゅう》の中に組み込まれた、なかなか手の込んだものである。とても一日二日で仕立てられたものだと思えない代物だった。サイズもぴったりなそれは、まるでセインのためにあつらえられているようにも思えた。

「まさかと思うが、オーダーメイドか？」

国王が主催した建国祭を祝う舞踏会は夜通し行われ、セインもまた賓客の一人として、今からまた社交活動をしなければならない。

カミール王国から持ってきた衣装が他にもあるのだが、それらはすっかり無視され、代わりに用意されたのがこの衣装だったのだ。

城の使用人たちはセインを着飾らせると、体力回復のポーションを一瓶《ひとびん》置いて部屋から出て行った。セインはそのポーションが未開封であることを念のために確認してから口にする。ポーションの独特の風味が口いっぱいに広がったかと思うと、躰の芯《しん》からじわりじわりと活力が湧き上がってきた。

「はぁ……やっと人心地ついた」

セインは他の招待客が休憩《きゅうけいよう》用に大部屋を使うのとは違い、特別に個室が用意されていたこともあり、そのまま椅子に座り、だらしなく背もたれに寄りかかって天井を仰《あお》いだ。誰にも見せられない姿だ。

ふと林の中で聞いたダリルの声が蘇る。

『これは我が国の騎士への支給品です』

王国の支給品を敵兵が纏《まと》っているというのは、とんでもなく敵から莫迦にされた所業だ。軍部に簡単に入り込めるぞ、と言われたようなものだからだ。

思った以上に闇《やみ》が深いかもしれない……。

内通者がいるのは明らかだった。しかも物資の横流しもしている。今から国を盛り上げようとしている王政派の中に裏切り者がいるのだ。アルヴィスからは皆が一丸となって国を豊かにしようとしていると聞いていたが、そうではなかった事実に、彼が把握《はあく》していないところに敵がいることがわかる。

「魔法省の長官っていう男が怪しいのか？」

ダリルが口にしていたことを思い出した。セインには詳細《しょうさい》を教えてくれなかったが、もしかしたらわざと長官を泳がせているのかもしれない。

「まったく今になってまた……」

ようやくこの一年で平穏が戻り、治安も安定してきたというのに、各国から賓客を招待しているこの建国祭で、また不穏な動きがあるとは、やはり相手もマスタニア王国のイメージダウンを狙っているに違いない。

「先王の悪政のツケは大きいな……」

ふとノックの音が聞こえた。セインがすぐに姿勢を正して返事をすると、ドアの向こうからアルヴィスが顔を出した。

彼の纏ったフロックコートは深い濃紺で、全体的に銀糸で蔓草《つるくさ》模様の刺繍を施し、裾《すそ》にはコートと同系色のラピスラズリが縫《ぬ》い付けられている。更に儀礼用のマントは大きな宝石のブローチで左肩に留められており、精悍《せいかん》な彼の男ぶりがより際立つ衣装であった。

セインは思わず見惚れそうになり、慌てて気を引き締める。彼はセインのその様子に気付いていないようで、いつも通り気さくに話し掛けてきた。

「ポーションは飲んだか？」

「ああ、ありがとう。お陰で楽になった。君も手の怪我、大丈夫だったか？」

「ああ、小さな傷だったから、すぐに治癒師に治してもらったよ」

そう言ってアルヴィスは怪我をしていたほうの手を、手袋を外して見せてくれる。そこに怪我の痕《あと》はまったくなかった。

「はぁ……あまり危険なことはするなよ。怪我なんて君らしくない」

「気を付けるよ。それよりも、セイン、お前に怪我がなくてよかった」

安堵の笑みを向けられ、セインは身の置き所がなくなった。何となくもぞもぞする。

「私を誰だと思っているんだ。アカデミー時代、魔法学の防御の授業ではトップクラスだったんだぞ」

アルヴィスは攻撃の授業では頭一つ抜きんでたトップであったが。

「ああ、わかっている。そのお陰で今回の討伐《とうばつ》も助かった。お前がいなければあのグリフォンを倒すのに苦戦しただろう」

「……グリフォン、魂《たましい》だけでも故郷に帰れるといいな」

「ああ、きっと帰るさ」

人を殺《あや》める魔物は忌《い》み嫌われるが、グリフォンなどの幻獣と言われるものは魔物とは区別され、神の領域の生物として、人々から畏敬《いけい》の念を抱《いだ》かれていた。そんな幻獣を殺人の道具として使おうとした『聖なる光の民』の魔法師には、怒りしか感じない。

「そういえば、アルヴィス、国王陛下に今夜のことを報告したんだろう？　これからどうするんだ？」

「取り敢えず、今夜の事件は、公《おおやけ》には中央広場に出店していた露店でボヤ騒ぎがあったということで話を終わらせる予定だ。騒げば『聖なる光の民』の奴らが喜ぶだけだからな。大したことがないという感じを出して、逆にあちらを挑発するつもりだ」

「挑発していい相手か？」

少し心配になる。

「この一年間、何もなかったのに、建国祭にわざわざ騒ぎを起こしたのはあちらだ。残党を一《いっ》掃《そう》するいい機会だ」

一掃するという物騒な言葉を聞いて、セインは眉を顰《ひそ》めた。

「アルヴィス、彼らと共存する道はないのか？」

「ある。ただあちら次第だ。元々、先王の悪政がこれらの元凶《げんきょう》だ。こちらにも非があるから、父上の代になってから、彼らの要求を考慮して人事改革を進めた。昇進に関してはどうしても家柄とバースが重要になってくるが、できるだけ魔法力等の能力についても考慮するようにしている。最近はお互いに歩み寄って、あちらもここ一年は大きな事件を起こしていなかったのだが……今回のように王政の転覆《てんぷく》を狙ってくるとは……。そうなるとこちらも彼らを排除するしかない」

アルヴィスの端整な顔立ちが僅かに歪《ゆが》む。

「話し合いが必要だな」

「セインの言う通りだ。私もそう思う。一年前、あちらの幹部を捕まえたが、話のわかるいい男だった。だがその男もある日、いきなり自らに魔法をかけて眠りに就いたまま、目覚めようとはしない。我々との交渉を拒絶しているとしか思えないのが現状だ」

何とも腑《ふ》に落ちない話だった。『聖なる光の民』の人間は譲歩《じょうほ》もしない頭の固い人間ばかりだということだろうか。セインの国も含め、他の国の『聖なる光の民』は、魔法至上主義であるが、それは思想の一部にとどめられている。王政の転覆を狙うほど過激なのは、マスタニア王国の者たちだけだ。

本当に敵の正体は『聖なる光の民』なのか――。

「だが、今回、敵が我が国の騎士にしか支給されない外套を身に纏っていた。騎士の中に紛《まぎ》れるために、わざと身に着けていたのかもしれないが、盗難の報告もない」

「やはり敵と内通している者がこちらにいる可能性が高いな」

「ああ、そうだ」

アルヴィスが厳しい顔をして何か考え込んでいる様子を見せた。セインは思い切って、気になっていることを聞く。

「魔法省、長官のマークレイ侯爵とは何かあったのか？　言えないことなら、無理に言わなくてもいいが、ダリルが疑う理由を知りたい」

セインがアルヴィスの顔をじっと見つめると、彼は降参とばかりに溜息を吐いて、口を開いた。

「言えないことではない。ただ、あの時も言ったが、詳細を知ったらお前が首を突っ込みそうだから、冷たい言い方をしてしまっただけだ。聞きたければ聞けばいい。構わない。大体、もう首を突っ込んでいるしな」

セインに対して『他国の人間』と言ってしまったことに、アルヴィスはかなり反省しているようだった。

「じゃあ、聞くが、何があったんだ？」

「長官である侯爵は根っからの学者肌な御仁だ。優秀な魔法師が戦いに召集されるのを嫌っていて、魔法師の出動に非協力的なんだ。それをダリルはおかしいと懸念《けねん》している」

確かに見方によっては、敵に加担しているようにも見える。

「ダリルの言い分もわかるな。なるほど、魔法師を出し渋るのは、誤解を受けやすい行為だな」

セインの言葉にアルヴィスが小さく頷く。

「彼が白である確証もないが、黒である確証もない。しかも相手は上位貴族の侯爵だ。証拠がない限り、迂闊《うかつ》なことを言うわけにはいかない。それでダリルにも何も言うなと厳命《げんめい》しているんだが、彼自身が侯爵にあまりいい感情を持っていないようで、すぐに口を滑《すべ》らせる」

「彼は昔から、思ったことをすぐに口に出してしまうところがあったからな。お陰で私は彼にいつも正々堂々と悪口を言われていたよ」

セインの言葉にアルヴィスも昔を思い出したのか、クスッと笑った。アルヴィス信者のダリルが、アルヴィスと仲がいいセインを目の敵にしていたのは、あの頃王立アカデミーにいた者なら誰でも知っている事実だ。

「あと、これは私見だが、侯爵のことは子供の頃から知っている。あの方は真面目《まじめ》で実直な方だ。とても王国に仇《あだ》をなすとは思えない」

アルヴィスの笑顔の中にも真剣さが見え隠れする。彼にとってマークレイ侯爵というのは、そこに確固たる証拠がなくとも、信頼に値《あたい》する人間なのだろう。

「まあ、昔から君の勘は当たるからな。たぶんマークレイ侯爵は事件に関係していないんだろう」

「セイン……」

彼が僅かに目を見開き、セインの顔を見つめてくる。セインが自分の考えを肯定すると思っていなかったようだった。それはそれでアルヴィスに信用されていないような気がして、セインは何となく不快に思う。だからもう一度念押しをした。

「そうじゃないのか？」

セインの声にアルヴィスが吐息だけで笑って、言葉を続けた。

「ああ、そうだ。できれば彼が敵ではない証拠を探したいと思っている。本題のついでではあるがな」

「本題？」

「王命で内通者を捜すことになった。この建国祭でちょうど人が多く集まってくる。内通者もこの建国祭をチャンスとばかりに動くはずだ。捜すにはいいタイミングだ」

「私も手伝おう」

セインはすかさず協力を申し出る。だがアルヴィスは表情を曇らせた。

「駄目だ。危険を伴《ともな》う。それに内通者捜しなど他国の王太子にさせる仕事ではないだろう？」

まるで子供に言い聞かせるかのように、優しくセインの申し出を断ってきた。確かにアルヴィスの言うことは正しいが、セインにとっても、この事件の黒幕が気になってしかたがなかった。どこか引っ掛かるような感じに、何とも不快な気分にさせられるのだ。

それに、いずれアルヴィスが統治するはずのマスタニア王国にも早く落ち着いてほしかった。

私が手助けできることがあったら、できるだけしたい――。

遠くない未来、王太子妃を選んで結婚するセインにとって、アルヴィスのために無謀《むぼう》なことができるのも、これが最後かもしれない。

彼にも幸せになってほしいから――。

そう願いながらも、セインの胸がチクリと痛むが、気付かない振りをした。

「セイン、お前は建国祭を楽しんでいってくれ」

アルヴィスがそうくるなら、セインにも考えがある。セインは彼にふわりと笑い掛けた。

「ふぅん。じゃあ、この建国祭は君とは別行動なんだな。そういうことなら、私は舞踏会のダンスの相手を誰にしようか考えないといけないな」

彼の顔色がみるみるうちに青ざめた。

「……セイン、考えるな。お前のダンスの相手は私だ。内通者を探りながらも、あくまでも建国祭には王子として参加する」

「ええ？　でも君の隣にいたら危険じゃないのか？」

上目遣いでアルヴィスを見つめ上げると、アルヴィスが言葉を詰まらせる。

「う……」

「アルヴィス、君は建国祭の間は任務遂行中《すいこうちゅう》なんだろう？　残念だな、君とはずっと別行動とは」

「セ……」

「それに一人だったら、君の許可がなくとも好きなところへ行けるし、偶然内通者を見つけたりなんてするかもな」

「なっ……」

あともう一押しだ。セインは内心でほくそ笑む。

「案外、君と一緒にいないほうが、内通者が私に近づいてきたりして」

「……ま、待て、セインっ」

とうとうアルヴィスが震える手でセインの手を掴んだ。

「なんだ？」

わざとらしくにっこり笑って聞き返してやった。彼が恨めしそうに見つめてくるが、そんな顔は慣れっこだ。

「……くそ、わかったよ、わかった！　お前はそういう奴《ヤツ》だった。思い出したさ。お前は私が反対しても首を突っ込んで来る男だった。どうせ突っ込むなら私と一緒にいたほうが、まだましだ」

「はん、やっとわかってくれたか。君が反対しようがどうしようが、私はやると言ったらやる男だってことを思い出してくれてありがとう」

セインが晴れやかに礼を告げる。するとそれとは対照的にアルヴィスは重い溜息を吐いて、何かを諦めたかのような悲壮な表情で言った。

「セイン、私と一緒に内通者を捜してくれ。その代わり、危険なことはするな。それは絶対の条件だからな」

「わかってるさ」

軽く答えると、セインの言葉を信じていないのか、アルヴィスが胡乱《うろん》な目を向けてくる。だがセインはそれを笑顔で流し、話を続けた。

「それで、内通者をどうやって捜すんだ？」

「彼らが纏っていた支給品の外套。そんな足が付きやすい特殊《とくしゅ》なものを使ったことから考えて、内通者はさほど支給品について詳しく知らない人間だと思う」

「なるほど、そこから考えて軍関係者ではないということか」

簡単に足が付くものを使用していることからも、相手が迂闊《うかつ》なことがわかる。あるいは、それもわざとなのかと、勘繰りたくなるのも事実だった。

「そこで今、支給経路について徹底的《てっていてき》に調べている。怪しい動きをした人物も早々に洗い出せるだろう」

「簡単に見つかるといいが……。それで私たちの役割は？」

「他にこのことを知っていて、尚且《なおか》つ信頼できるリュゼとダリルにも協力してもらって内通者をあぶり出す。ある程度怪しい人物が上がってきたら、奴らの状況に合わせて罠にかけ、我々の前に出ざるを得ない状況を作る」

「怖いな」

つい笑みを浮かべて言ってしまうと、アルヴィスが眉間に皺を寄せた。

「お前のほうが怖いよ」

どうやらセインが大人しくしているとは信じていないようだ。セインはこれ以上何か言われる前に話題を変えることにする。

「アルヴィス、そろそろ舞踏会に顔を出さないといけないんじゃないか？」

「ああ、それもあって、迎えに来た。そうだ、カレウスからもらった魔道具のピアスはしておいてくれよ。外したりしたら、あいつが悲しむからな」

「ええ……」

思いっきり嫌な顔をすると、彼が人の悪い笑みを浮かべた。

「嫌なら、そのフロックコートの真珠、全部私の瞳の色、ルビーに付け替えるぞ」

「えぇっ⁉」

反射的にセインは自分の衣装をチェックした。今のアルヴィスの脅しの言葉に、既に彼の色がどこかに隠されていないか不安になったのだ。もし彼の色がどこかにあったら、それこそ今夜の舞踏会でとんでもない噂が立つ。

「アルヴィス、怖いことを言うな。これ以上、舞踏会で噂の的にされたくない」

「だったら、大人しくピアスをつけて、私のエスコートを受け入れるんだな」

「さりげなく『エスコート』が足されているんだが？」

「小さな違いだ。気にするな」

「小さくないぞ」

セインはわざとらしく不貞腐《ふてくさ》れるが、アルヴィスはそんなセインを気にすることもなく、さあ、行くぞとばかりに手を取った。

本当は、セインはこんな風に騒ぐタイプではない。カミール王国では冷静で、常に優位な立場で相手と接することが多かった。だがアルヴィスと一緒にいると、まるで子供の頃に戻ったかのように、無防備に感情を出してしまう。

なんだかんだと理由をつけても、アルヴィスに気を許しているのだ――。

そんなこと、認めたくないのに。

セインは唇をきゅっと噛んだ。


セインがアルヴィスと一緒に会場に戻るとすぐに、生演奏をバックに大勢の招待客がホールの中央で華麗にワルツを踊っている様子が目に入った。

紳士淑女が華麗に舞う姿は煌《きら》びやかで、舞踏会に華を添える。

「取り敢えず、壁側に行こうか」

アルヴィスに言われ、セインは二人で壁側に歩き始めた。だが急に周囲に人が集まり出す。

皆、セイン、アルヴィスにダンスを申し込まれたいようで、こちらの目につきやすい場所に人だかりができてしまった。

「リュゼはどうしたんだ？　こういうのは、リュゼが得意だろう？」

セインがリュゼを捜すために、辺りを見回していると、突然アルヴィスがセインの耳元に唇を寄せる。

「あそこにいるぞ」

彼の吐息混じりの声に、ゾクッとした痺《しび》れが生まれ、セインの心臓が爆《は》ぜた。

「っ……あ、ああ」

何事もなかったかのようにセインも返答しながらアルヴィスをちらりと見るが、彼の今の仕草はわざとではないようで、ホールの中央でワルツを踊っているリュゼを見て笑っていた。そのリュゼを見つめる集団がやはり向こう側の壁にも群がっており、黄色い声を上げている。

「昔からリュゼはもてているな」

「アカデミー時代も私の次にもてていたぞ、アルヴィス」

「なかなか言うな、セイン。だがお前の夢を壊すのは申し訳ないが、一番もてていたのは私だ」

「よく言う」

呆《あき》れて返すと、アルヴィスがくすくすと笑った。とにかく平然とした態度でアルヴィスと会話できたことに、セインは内心ほっとする。

相変わらずおかしな恋の駆け引きをしているような関係に、セインはまるで薄い氷の上を歩いている気がしていた。一つ踏み外したら、二人のあるべき距離が崩れ、すべてが無となってしまうような不安が込み上げる。

次期国王となる王子同士、そして未来へ優秀な子孫を残す責任があるアルファ同士。伴侶になれない理由が、二人の間にはいくつもあった。

だが親友、いや、友人くらいの関係で、死ぬまで彼と縁を繋《つな》いでいきたいと思うのは、贅沢《ぜいたく》な願いなのだろうか。

アルヴィスに自粛《じしゅく》する様子が見えないこのままでは、セインの蓋《ふた》をしたはずの恋心がいつ顔を覗かせるかわからなかった。

彼に恋をしないためにも、二度と会わない未来を選択する日も近いかもしれない。

セインはぎゅっと目を瞑《つぶ》った。

彼への恋を永久の凍土に閉じ込めてしまいたい――。

早く王太子妃を決めたほうがいいのはわかっていた。国を繁栄させるため、相応しい伴侶を得るのが王太子の最大の務めだ。そしてその伴侶を愛し、共に国や臣民を愛していかなければならない。

セインは眉間に皺が寄りそうになるのを耐えた。すると紳士淑女たちが誰かのダンスを褒め称《たた》える声が聞こえてくる。視線を遣れば、リュゼのダンスに対しての賞賛であることがわかった。彼のダンスが終わり、年頃の貴族の子息らがリュゼの次のパートナーになるために集まっている。

さすがは『氷の騎士』と呼ばれるだけあって、あれだけ皆に熱い視線を送られているのに、表情一つ崩さずに対応していた。踊っている最中も、とても騎士とは思えないほどの華麗なステップで、皆を魅了しているのはさすがとしか言いようがない。だが以前よりも覇気《はき》がないように見えるのは気のせいだろうか。

街で会った時から気になっていたが、セインはリュゼの様子に違和感を覚えた。

「なあ、アルヴィス、リュゼに会ったのはアカデミー以来なんだが、彼、少し変わったような気がする。ぎこちないというか……」

「聖堂騎士の修行をしたからだろうな。聖堂騎士は騎士でありながら神に誓いを立て、神官と同じような暮らしをしている。もちろん騎士であるから、まったく同じとは言わないが。まあ……ある意味、聖人化したとしか言いようがないな」

「なるほど……」

ありうる話なのでセインは頷いた。それに王立アカデミー時代は同級生の一人として、身分など関係なく接していたが、卒業するとそうもいかない。セインとアルヴィスは王子であるし、更にセインは王太子になるのが決まっていた。リュゼも接し方を変えたのかもしれない。当たり前と言えば当たり前なのだが、それが少し寂しかった。

「君も少し落ち着いたらどうだ?」

寂しさ紛れにアルヴィスにそんなことを言ってみると、彼がちらりとこちらに視線を向ける。

「私が落ち着いたら、誰かさんが退屈するだろう?」

まるで『誰かさん』がセインであるように言ってくるので、思わずムッとする。

「私なら、せいせいするが？」

そう言ってやるも、アルヴィスは幸せそうに笑って、それから姫をエスコートするかのように手を差し伸べて来た。

「そういうことにしておこう。さあ、私たちも踊るか」

「そういうことにって……ちょっと待て、この空気で私と君が踊るのか？」

「そうだ。お前はさっき、事件に首を突っ込むことを条件に、私以外とは踊らないと言っただろう？」

「ちょっとニュアンスが違うんだが？　私はお前と別行動になるなら、ダンスの相手を捜さないといけないと言っただけだ」

「同じことだ。さあ」

セインがなかなかアルヴィスの手を取らないことに我慢ができなかったのか、彼が無理やりセインの手を取り、ホールの中央へと歩いていく。

「お、おい。放せ」

小声で彼に注意するが、笑みを向けられるばかりだ。

「騒ぐな。騒いだら目立つぞ」

「騒がなくても充分目立つ」

セインは周囲がざわめき出すのを肌で感じる。

「お二人で踊られるの？」

すぐに招待客の声が聞こえてきた。

「まさか、今夜お二人の婚約を発表されるのかしら。あの意味ありげなピアスは、そういうこと？」

違います、と返答したいが、そんなことをしたら余計目立つので、聞こえないふりをしてホールの中央へと連れて行かれる。

「同性のアルファ同士で婚約されるのは、珍しくはありますが、実際いらっしゃいますよね」

「でもお二方は未来の王太子同士ですし。ご結婚は無理でしょう？」

アルヴィスは現在王太子ではないが、いずれ王太子になるだろうと言われている。

「そうよね。アカデミー時代からの御親友ということだけど、そこは上手くいかないわよね」

上手くいかない――。

何をもって上手くいかないなどと言うのだろうか。これからも親友同士で付き合っていけるのなら、充分上手くいっている。

「セイン、私に集中しろ」

「あ」

気づけばワルツの生演奏が始まっていた。

「え？　私がリードされる側か？」

いつの間にかアルヴィスにがっちりホールドされているのに驚く。周囲の招待客らは既に踊り始めており、婦人方のドレスがシャンデリアの光に照らされ、きらきらと輝いていた。

「今さら何を言っている。お前がぼうっとしていたのが悪い。役割など早い者勝ちだ。それに賓客の一人として私にエスコートされておけ。お前の損にはならないだろう？」

「むぅ……」

不服そうに顔を歪めてやるが、確かに損にはならない待遇だ。マスタニア王国の王太子候補ナンバーワンと言われている第一王子が、自らつきっきりでエスコートをするというのは、かなりの好待遇であり、他国の王族であってもセインは特別であることをアピールするには絶好の機会であった。彼のこの行動が、セインの地位をこのマスタニア王国でも絶対的なものにする。

「あとで、私も君をリードするからな。されっぱなしは性《しょう》に合わない」

「いいさ。他の人間にセインを取られるよりはましだ。いくらでもリードされてやるよ」

甘い声で耳元に囁かれるが、それが傍から見たら頬にキスでもされたかのように見えたらしく、セインたちの周囲でワルツを踊っていたご婦人たちの短い悲鳴と息を呑む音があちらこちらから聞こえてきた。

「くっ……アルヴィス……君、わざとだろう」

彼と繋ぐ手が怒りで震えてくる。思わずきつく握ってやった。痛がればいいと思ってやったのだが、彼はただ笑みを浮かべるばかりだ。

「外堀から埋めないと、お前はなかなか手に入らないだろう？」

更に下手《へた》なウィンクもつけてきた。顔のいい男がやると、どんなに下手でも様になるのでそれも小さな怒りとなった。

「外堀などないし、私は君のものにはならないが？」

「ま、気長に攻めるよ。長期戦は得意だ」

「そんなことを言っていると、即行、君との連絡を絶つぞ」

本当に質《たち》が悪い男だ。すべてが口説《くど》き文句に聞こえてくる。

「お前の部屋にある転移魔法の徴《しるし》も破棄《はき》するということかい」

転移魔法の徴。アカデミー時代にアルヴィスから貰ったペンのことだ。アルヴィスの転移魔法は、自分の徴がある場所にしか転移できない。あのペンがなければ、セインの部屋に忍び込めなかった。

「そうだ」

ツンとして答えると、彼が苦笑して尋ねてきた。

「なあ、どうして、あの徴を破棄しないんだ？　お前の部屋にあるということは、私と縁を切りたくないという意味ではないのか？」

「私があの徴を破棄したとして、君が無謀な手段を使ってカミール王国の王宮に侵入してきたら、その方が後で処理が面倒だからだ」

「ふぅん……徴を破棄されても、私が来ると思ってくれていると言う訳か。なるほど、それは期待に応えないといけないいな」

「君の言語能力はどうなっている？　もう一度アカデミーでテストを受け直してきたほうがいいぞ？」

「悪いが、成績はオールAだ」

息が止まりそうになる返答に、セインは思い当たる言葉を口にした。

「教授の弱みでも握ったか……」

「酷い言いようだな」

そう言いながらも言葉とは裏腹に、アルヴィスが楽しそうに笑う。すると周囲で踊っている招待客から小さな笑い声が聞こえてきた。そちらに目を遣ると、何人かの招待客が微笑《ほほえ》ましいものでも見るような目でこちらを見つめていた。どうやら二人が楽しそうに踊っていると勘違いしているようだ。

「私にこんなに気安く話してくれる人間は、お前しかいない」

アルヴィスがそんなことを言いながら、セインの腰に当てていた手に力を込めた。文句を言いたくとも、他の貴族の前で彼らの国の王子を怒鳴ることはできない。セインは社交辞令の花が綻《ほころ》ぶような美しい笑みを浮かべるしかなかった。

夜通し行われる建国祭の舞踏会で、アルヴィスが他の賓客に挨拶している間、セインは休憩がてら用意されていた個室へと戻った。

セインがテーブルの上に用意されていたワインに手を伸ばそうとすると、身につけていた指輪が光を放つ。レザックからの魔法による通信の知らせだ。

「どうした？　何かあったのか？」

休憩している時で良かったと思いつつ、指輪に声を掛けた。だが魔法に長《た》けたレザックのことだ。セインが休憩中であることを確認して通信してきたのだろうと、すぐに思い返す。

『兄上、今、話してもいいですか？』

指輪が放つ光の中に、手のひらに乗るくらいの大きさのレザックの姿が浮かび上がった。

「ああ、ちょうど休憩しているところだ」

『事後報告ですが、リシェルが誘拐《ゆうかい》されそうになりました』

「なっ……」

反射的に立ち上がってしまった。

「リシェルは大丈夫だったのか？」

『ええ、無事です。クライヴ殿が阻止《そし》しました。新婚旅行は急遽《きゅうきょ》中止して、明日には城に戻ってきます』

それを聞いて、セインは安堵と共にカウチに崩れるように座り直した。

「はぁ……。それで、犯人はわかっているのか？」

『護衛を任されていた近衛騎士団の一人でした』

「莫迦なっ！　そんな危険人物が近衛騎士団にいたのか？」

『ええ、リシェルの伴侶候補の一人でした。今後、護衛には伴侶候補だった人間を組み入れないことが急遽決まりました』

その後、レザックから詳細を聞き、リシェルの伴侶であるクライヴがかなり奮闘《ふんとう》し、リシェルを救ったことを知る。

「そうか。レザック、いろいろとご苦労だったな」

『いえ、私ではなく、クライヴ殿がすべて処理しましたから、兄上もこちらに戻られましたら、クライヴ殿下に労《ねぎら》いの言葉の一つでも掛けてくださいね』

「うぅ……」

あのリシェルを預けるのを、どうにかギリギリのラインで許してやった男に、労いの言葉を掛けるなど苦行でしかない。セインの上げた唸り声に、レザックもセインの気持ちを察したのか念押しをしてきた。

『兄上、宜《よろ》しくお願いしますよ』

「……わかった」

渋々頷くと、レザックがプッと噴き出した。

『兄上の悔しそうな顔ったら。美貌《びぼう》の貴公子で名高い兄上がそんな顔をしたら駄目ですよ』

「お前の前でしか、しないからいい」

気を許している大切な家族の前でくらい、素の自分を出したい。そう思ったが、次のレザックの言葉がセインに大きな一撃を与えた。

『アルヴィス王子の前でもされていますよね？』

「あ……そうだったか？」

数秒前の自分の感情に思いっきり殴られたような感覚だ。

あんな男、気など許していないし、家族でもない――。

自分に言い聞かせるが、実際は彼につられてすぐに気安く接する自分がいた。意識しないと、彼との距離の取り方はなかなか難しい。

それに今夜の襲撃未遂《みすい》事件の主犯格を捜す任務にも首を突っ込んでしまった。

いや、これはアルヴィスのためではない。隣国の政情が不安定だと、カミール王国にも影響が出てくるので、次期国王として自国の平和を守るために首を突っ込んだのだ。

セインは自分にそう言い聞かせ、納得させた。体《てい》のいい言い訳だ。

「――リシェルが不安がっているかもしれない。レザック、私の代わりにリシェルに気を遣ってやってくれ」

『もうその役割は私たちのものじゃないですよ。リシェルには立派な伴侶、クライヴ殿がいるのですから……』

聞きたくない言葉がセインの鼓膜を震わせた。

「……お前は私を崖《がけ》から突き落とすのか」

『はい？』

「今の言葉で、私の気力が枯渇《こかつ》したぞ。もう立ち直れない……」

『何を勝手に落ち込んでいるんですか。大体、私に代わりを頼まなくても、兄上自身がリシェルを見舞えばいいではないですか』

「――それがまだ帰れないいんだ」

『え？　何かあったんですか？』

「実はこちらで少し用事ができてしまって、もうしばらくマスタニア王国に滞在する予定になった。明後日《あさって》の父上主催の定例舞踏会には行けそうもない」

用事の内容は言わないことにする。言ったら止められるに決まっていた。案の定、レザックが不審げにセインを見つめてくる。

『そちらの初日の舞踏会に出席して、すぐに帰国するという話では……』

「ちょっと事情が変わったんだ」

『その用事は、兄上の伴侶を選定するより大切なことなのですか？』

痛いところを突いてくる。

「ああ、今回はこちらを優先する」

セインが意見を曲げる人間ではないことを知っているレザックは、はぁ……と肩を落とした。

『兄上、舞踏会は兄上の伴侶を選定する大切な機会ですよ。多くの王太子妃候補が兄上に会うために出席されます。あと今回ファーストダンスの相手をお願いしたサスベール公爵令嬢にはどう説明されるのですか？』

サスベール公爵令嬢。今までシャンドリアンにばかり頼んでいたファーストダンスの相手を、いよいよ王太子妃候補の一人に頼み、本格的に選定に入る予定だった。

『欠席するのは、外聞が悪いかと』

レザックの言う通りだ。その舞踏会を欠席するのは、セインの妃候補たちに大変失礼となる。

「仕方ない……レザック、お前の魔法で私の代理を出席させろ」

『代理って……』

以前、セインが高熱を出して、聖教会主催のバザーに出席できなかった時、レザックの魔法で他の人間にセインの容姿から話し方などすべてを移し、影武者を作ったことがあった。

「ワルツを踊るだけだ。バザーの時よりも簡単だろう？」

『そんな無茶な……』

レザックの眉が情けないほど下がる。可愛い弟を困らせるのは本意ではないが、今回は弟の力をどうしても借りたかった。

「こちらの用事を片付けたらすぐに戻る。それまで頼まれてくれないか、レザック」

『はぁ……』

彼が頭を抱える。傍にいたならその頭を撫《な》でてやりたかった。

「いろいろ迷惑を掛けるな。用事を頼んだ私がこんなことを言うのもおかしいが、あまり無理をするなよ」

『わかりましたよ。なるべく早く帰ってきてくださいね。父上にばれたら大変ですよ』

「わかった」

セインが返事をすると、レザックの姿が光の中で揺らめいて消えた。

「弟君からの通信か?」

いきなり声を掛けられて、セインは驚いて顔を上げた。入口のドアに凭れて立っていたのはアルヴィスだ。

どこから聞かれていた?

咄嗟《とっさ》に身構える。王太子妃選びを始めているのを知られることに、何故か罪悪感を覚えた。

それと同時に、その王太子妃選びを中止してでも、内通者捜しに協力をすることをアルヴィスに知られるのも、セインがアルヴィスにまだ恋愛感情を抱いていると思われるようで嫌だった。

「ああ、カミール王国でちょっとした騒ぎがあったようだ。事後報告だったたから、私が戻るまでもない話だった」

「そうか」

アルヴィスはそう言っただけで、何もセインに尋ねようとしてこなかった。それはそれで居心地が悪い。

「君はもう賓客方への挨拶は終わったのか？」

「ああ、大体終わった。もうすぐ花火が打ち上げられるから、お前に知らせに来たんだ」

「そうか」

「ほら、バルコニーから見えるから、そこから出てみろよ」

アルヴィスに言われるがまま、バルコニーへと出る。二人で並んで夜空を見上げると、タイミングよく大きな花火が打ちあがった。

「わあ……」

ジュワッと溶けるような音と火薬が破裂する爆音がほぼ同時に耳を劈《つんざ》く。

バルコニーから見下ろせる月夜に照らされていた庭が、花火のせいで更に明るくなった。

夜空が割れんばかりに大きな花火が続けて上がる。しばらく花火を見つめていると、アルヴィスが庭に目を凝《こ》らす。

「誰かが倒れている……」

セインはアルヴィスの視線の先に自分の視線を合わせた。薄暗い庭園は、花火が上がるたびに白く明るくなる。それでようやく、綺麗に刈り込まれた低木の陰に隠れるように何者かが倒れているのが見えた。

「酔っ払いか？」

「だったら、まだいいが……。衣服が血のようなもので濡れているのが見える」

「え⁉」

「行くぞ、セイン」

部屋を出て行くアルヴィスの後を追って、セインも庭へと急いで向かった。

その後、倒れていた人物が、ペリー・ナカランという第一補給部隊所属の書記官であることが判明する。彼は何者からか背中から剣で一突きされ、絶命していたのだった。

◆　V　◆

翌日昼には、セインはアルヴィスと一緒にマスタニア王国の魔法塔の最上階にある魔法牢《ろう》に、馬車で向かっていた。

王宮での殺人事件について、既に多くのことが報告に上がっていた。

昨夜、襲撃未遂《みすい》事件を起こした『聖なる光の民』へ、本来騎士に支給されている外套《がいとう》を横流ししていたのが、今回殺された、第一補給部隊所属の書記官、ペリー・ナカランという男だったのだ。病気の家族がおり、薬代が嵩《かさ》んでいたらしい。それで大金を手にするために、支給品を横流ししていたようだ。

「セイン、お前はこの報告を信じるか？」

馬車の中で正面に座るアルヴィスがこちらに真剣な眼差《まなざ》しを向けてきた。

「絶対ばれるような横流しの仕方を、果たして書記官にもなれるほど頭の良い男がするだろうか？」

そう問いかけると、アルヴィスがその長い足を組み替え、深く腰掛け直して答える。

「もっと上手《うま》く隠すだろうな。少なくとも自分だとわかるような痕跡は残さない」

今回はペリー・ナカランが横流しの犯人だと言わんばかりに、証拠が揃《そろ》えられていた。

「誰かに濡れ衣《ぎぬ》を着せられたか」

「かもしれないな」

馬車が止まる。外から中が見えないように窓にかかったカーテンをアルヴィスが少しだけ開けると、魔法塔が見えていた。魔法省管轄《かんかつ》の研究所だ。カミール王国にも同じように魔法塔があるが、どの国も魔法を重要と見なし、その研究に余念がなかった。

「この最上階にある牢屋に、『聖なる光の民』の幹部の一人、ハーシェイが幽閉されている」

「ここの牢屋に?」

「ああ、魔法塔の最上階にある牢屋は特別で、魔法が一切使えないようになっている。『聖なる光の民』の者は魔法師がほとんどだからな。ここなら奪還される心配が少ない。だから、こ こしか彼を入れられる牢屋がなかったのさ」

アルヴィスの話を聞いていると、馬車のドアが外から開けられる。そのまま立ち上がり、一人は馬車を下りた。

「確か、前に君はその幹部は自ら魔法をかけて眠りについたって言ってなかったか? 魔法が一切使えない場所なのに、どういうことだ?」

「簡単に言うと、我々の想像以上にその幹部の魔法力が凄《すご》かったということだ。塔内でも有数の力のある魔法師たちが、数人で魔法が使えないように結界を張っているんだが、それを破られたのさ」

「凄いな……。それで、その眠っている魔法師に会いにきたのか？」

「それが昨日、いきなり目が覚めたらしい」

目の前には高く聳《そび》える塔があった。ツタがどこまでも伸びる塔に這《は》っている。入り口の前で、青いマントを羽織った魔法師たちがセインとアルヴィスを出迎えた。

その中には、昨夜挨拶《あいさつ》をした魔法師たちがセインとアルヴィスを出迎えた。

「マークレイ侯爵、お手数をお掛けして申し訳ありません」

アルヴィスの低姿勢な態度に、侯爵も強くは言えないようで、昨夜のような強引な態度は見せなかった。

「できるだけ手短に話をお済ませください、殿下」

「侯爵の配慮《はいりょ》、感謝いたします。行くぞ」

アルヴィスは護衛の騎士に声を掛けると、セインと一緒に魔法塔へと入った。案内係なのか、すぐに一人の魔法師が現れ、呪文を唱《とな》える。すると一瞬にしてセインたちは光に包まれ、気付くと最上階の通路に立っていた。

「ここからは魔法無効領域です。どんな魔法も使えませんのでご了承ください」

魔法師の説明にアルヴィスは手を上げて応《こた》え、通路を歩き出す。セインもアルヴィスについて前へと進んだ。ところどころに現れる窓からは緑の地平線が見えた。

「ハーシェイ、久しぶりだな」

アルヴィスの声にセインは視線を窓から進行方向へと向けた。

通路の一番奥の牢屋に、その青年は座っていた。亜麻色《あまいろ》の髪に緑の瞳を持った青年は、どこか気品があり、たぶん元々は貴族の子息だったのではないかと推察できる。だがその穏やかな笑みの下に、どんな感情が隠されているのかは読めず、どこか不気味な感じさえした。

「殿下、こんなところにまでいらっしゃるとは、相当お暇《ひま》なようですね」

牢屋の中は広く、それなりに家財道具も揃っており、罪人に与えられた部屋とは言い難《がた》い環境だった。そんな牢屋で、彼は椅子に座って読書をしていたようだ。

「そうでもないんだ。さてまずは、君に聞きたかったんだが、どうして自ら魔法をかけて眠りに就いたんだ？　そしてどうして今になって目を覚ました？」

「なるほど、僕はそういうことになっていたんですね」

ハーシェイがへぇと軽く驚いたことに、セインもアルヴィスも引っ掛かりを覚えた。

「というと、違うのか？」

「ええ、僕は自ら魔法なんてかけていませんよ。誰かに眠らされたのです」

「眠らされた⁉」

思いも寄らない真実に、アルヴィスもセインも大きな声を上げてしまった。

「眠らされたって、本当なのか？」

「ええ、正確に言うと、殺されかけたんですけどね」

「殺されかけたって……」

「僕はあの日、不意を突かれて誰かに背後から攻撃されたのです。咄嗟《とっさ》に相手が発した魔法式を分解して、『殺害』は回避したんですが、分解しきれず『意識不明』に陥《おちい》ったというのが、本当のところです。油断したなぁ。いつもならあれくらい避けて反撃できるのに」

ハーシェイは呑気《のんき》に呟いて苦笑した。発した魔法式を分解するなどと、彼は簡単そうに言うが、まず、ほとんどの魔法師はそんなことはできない。他に知る限りでは弟のレザックができるくらいだ。セインは彼が相当な腕の魔法師であることを察した。ハーシェイがそのまま言葉を続ける。

「眠っていても意識はあったので、ずっと魔法の解呪に挑んで、昨日やっと解いたところです。一年も眠っていたのですか……。僕も解呪の腕が落ちたな」

「はぁ……」

アルヴィスは手で額を押さえた。どうやらすべては誰かに裏から掻《か》き回《まわ》されているようだ。セインはしばらく黙って二人のやりとりを聞くことにした。

「誰かが裏で動いているということか……」

「誰か、ではありませんよ、アルヴィス殿下。犯人はこの魔法無効領域の結界を一時的に解いて、僕を襲ったのです。そんなことができるのは、この魔法塔に所属している魔法師以外あり得ません」

ハーシェイが自信ありげに宣言した。

「魔法塔全体、もしくはここに所属している魔法師が関わっていると？」

「ええ、そうでなければ、魔法無効領域を解除できる訳がない。僕でもない限りね」

なんとも複雑な話になってきた。

「……君を殺そうとする王国と『聖なる光の民』の和解を快《こころよ》く思っていない輩《やから》が少なからずいる、ということか」

「そういうことになりますね。僕もここで命を狙《ねら》われるとは思っていなかったから、気が緩《ゆる》んでいました。殿下を信じていましたしね」

チクリと嫌みを言われる。王子に対してそんなことを言うハーシェイの態度にセインは驚いたが、アルヴィスはまったく気にしていないようで、素直に謝罪した。

「それに関しては申し訳なかった。詫《わ》びるしかない。大事に至らなくて良かった。これからは信頼のおける騎士を君の護衛に付けよう」

「大丈夫ですよ。先ほど、ここは僕の魔法で魔法無効領域を書き換えましたから、僕以外にもう、勝手に解除したりはできません。もしまた刺客が侵入してきたとしても、今度はきちんと処理します。『目には目を、歯には歯を』ですからね」

魔法塔の魔法師が何人も力を合わせて発動させた無効領域を、彼一人で再構築し、自分しか解除できないように変えたと聞き、セインは改めて彼の力の強さに驚きを覚えずにはいられなかった。敵に回してはいけない魔法師だ。だが、一つ問題があった。

「ちょっと待て。アルヴィス、ここの魔法塔の無効領域を彼に書き換えられてもいいのか？　彼を監禁するために、わざわざ魔法無効領域にある牢屋を選んだというのに、ハーシェイにそれを掌握《しょうあく》されていては意味がない」

セインの質問にアルヴィスは少し目を見開くと、ああ、そうだったと呟き、話し始めた。

「どこから説明したらいいか難しいが、実はハーシェイとは協定を結んでいるんだ」

「協定？」

意味がわからず、セインは首を傾《かし》げる。アルヴィスはそのまま言葉を続けた。

「ああ、本当はハーシェイほどの魔法師なら、元々魔法無効領域も関係なく、簡単にこの牢屋からも脱出できる。そういう約束で協定を結んでいた」

「確かに彼ほどの魔法師なら、この牢屋も意味がなかったな」

納得していると、牢屋の中にいたハーシェイがいきなりセインの目の前に姿を現した。

「そうそう。こんな牢破りは朝飯前ってことね」

軽くウィンクまで足されてしまう。そんなハーシェイの自由さに驚きながらも、セインは今までの自分が把握《はあく》していた情報とあまりにも違う事実を確認した。

「それで協定って、どういうことだ？　詳しく説明しろ、アルヴィス」

「現国王は先王の過《あやま》ちを認め、今までの制度を完全に撤廃《てっぱい》することはできないが、身分やバースだけでなく、魔法力や能力も考慮《こうりょ》する人事を推進《すいしん》することを宣誓《せんせい》した」

それは知っている。だがそれではまだ反乱分子が納得しておらず、王政転覆《てんぷく》を狙っていると聞いていた。

「ハーシェイは我が国の『聖なる光の民』の中でも一、二を争う実力の魔法師だ。そして彼自身も長引く戦いに終止符を打ちたいと願っている人間の一人でもある。だが『聖なる光の民』の中には過激派もいて、この建国祭もそういった輩《やから》からの襲撃に備えていた」

どうやら『聖なる光の民』の中でも意見が分かれているようだ。

「で、我々は過激派の行き過ぎた行動を止めるために、幹部の一人であり、カリスマ的存在であるハーシェイを彼らに対しての人質にしたかったんだ。それで一年ほど前に、彼に取引を申し出たのさ。彼の身の安全を保障しつつも拘束する代わりに、平和に暮らしている『聖なる光の民』を不当に捕まえることはしないとな。それでお互い平和に共存する道を模索《もさく》しているところだった」

次々と知らされる新事実にセインは頭を整理するので精いっぱいだ。

「このことを知っているのは『聖なる光の民』の中でもごく一部だ。マスタニア王宮内でもあまり知られていない」

「は……意外過ぎて言葉が出てこないぞ、アルヴィス」

「セインには、なかなか言えなくてすまない。我々はハーシェイが自分の意志で眠りに就いたとばかり思っていたから、本当に協定が結ばれているのか疑わしいところもあって、対外的にあまり口にできなかったんだ」

「いや、そもそも状況が状況だし、私は本来部外者だから、君の判断に問題はない」

「ありがとう、セイン」

アルヴィスはセインに礼を言うと、すぐにまたハーシェイに顔を向けた。

「ところでハーシェイ、実は君が眠りに就いてから一年、『聖なる光の民』はずっと大人しくしていたが、昨夜、一悶着《ひともんちゃく》を起こした」

「いよいよ僕も見放されたということでしょうかね」

なんでもないようにハーシェイが自分のことを口にした。ハーシェイは『聖なる光の民』が暴動を起こさないよう、王国側に人質として囚《とら》われているという立場だ。そのため彼の命がある限り、過激派に対して抑止力《よくしりょく》になるはずだった。だが昨夜襲撃未遂事件があったということは、過激派はハーシェイを見捨てたことになる。

ハーシェイとしては戦々恐々とした状況のはずなのに、平然と事実を受け止めていた。セインが複雑な思いで二人を見つめていると、アルヴィスが続ける。

「確かに今回の建国祭は、我が国の治安が良くなったことを他国にアピールする機会だったから、『聖なる光の民』としては動きたくもなるだろう。だが、その方法に少し疑問を持ってね。それで目を覚ました君に尋ねようと思ったのさ」

アルヴィスの言葉に隣にいたセインは彼の顔を見上げた。

疑問？　どういうことだ？

二人の会話をセインは黙って聞き続けた。

「我が騎士団の外套が『聖なる光の民』に横流しされていた」

その言葉にハーシェイの視線が一瞬鋭くなる。

「軍部に内通者——がいるということか？」

ハーシェイの声に、アルヴィスは頷いた。

「今までそんなことは一度もなかった。それに我が国の王政を嫌っている君たちが、我が国の王宮の誰かと手を組み、援助を受けるということが俄《にわ》かには信じられない」

「なるほどな、そうなると魔法省だけでなく、軍部にも通じる者が浮上してくるか……」

そう言って、ハーシェイはしばらく考え込むと、ふと口を開いた。

「カタルナ殿が死んだという情報は？」

「ない」

アルヴィスが断言する。セインは話の内容についていけなかったが、問いを差し挟《はさ》むことはせず、二人の話の邪魔をせずに理解しようとした。

「だったら、昨夜この城を襲撃しようとしたという輩は、私たちの名を騙《かた》った別グループの犯行の可能性もある」

「――やはりな」

アルヴィスが既にその考えも頭にあったかのような返事をする。相変わらずセインは蚊帳《かや》の外で、二人が何を言っているかわからないが、どうやら昨夜の襲撃未遂事件が『聖なる光の民』の犯行ではない可能性が出てきたらしい。

セインが黙って聞いていると、アルヴィスがようやくセインが疑問だらけの状況にいることを理解したようで、セインに顔を向けてきた。

「何かわからないことがあるか？」

わからないことだらけだが、取り敢《あ》えず、まったく聞いたことのない名前から尋ねた。

「カタルナ殿というのは？」

「カタルナ殿というのはハーシェイと同じ穏健派の『聖なる光の民』の幹部だ。今回の協定のことも知っている。彼は過激派からも一目《いちもく》置かれているから、彼が許可しない限り過激派も勝手に反乱を起こすようなことはしない。だがカタルナ殿はご高齢であるので、万が一亡くなった場合、収拾がつかなくなって、先走る人間も出る。だから、ハーシェイはカタルナ殿の生死を確認したんだろう？」

アルヴィスの話を聞いていたハーシェイが頷く。

「ああ、だが、カタルナ殿の制止を振り切って攻めるような血気盛んな若者がいるのも確かだ。ただ……そういう者ほどマスタニア王宮を憎《にく》んでいる。そんな憎い王宮側の手を借りるかどうかと考えると、別の組織が我々を騙って、罪をなすりつけようとしていると考えるほうが可能性としては高い気がするな」

ハーシェイの話を聞いていると、昨夜襲撃しようとしていた彼らが、本当に『聖なる光の民』なのか、疑わしく思えてきた。

「『聖なる光の民』を騙って王国の転覆を狙う者が他にいる？　それもこの王宮内に？　内通者どころか裏切り者がいると言うのか？　魔法省と軍部にツテがある者が？」

セインの声にハーシェイが片方の口端を上げる。

「かもしれないということだ。それを調べるのは、そちらの殿下の仕事だろう？」

ハーシェイがちらりとセインの隣に立つアルヴィスに視線を移した。アルヴィスの表情はいつになく真剣みを増していた。

「アルヴィス……」

セインが声を掛けると、ようやく彼が口を開く。

「敵の狙いは、王宮なのか、それとも君たち『聖なる光の民』の鎮圧《ちんあつ》なのか……」

アルヴィスの言葉にハーシェイが反応する。

「はたまた両方かもしれない。共倒れを喜ぶ人間もいるだろう？」

反乱分子を制圧するのが、本来の目的だったが、今になっては誰が本当に反乱分子なのかわからなくなってきた。

帰りの馬車の中では行きとは違い、沈黙が二人の間に流れていた。だがその沈黙に耐えきれず、とうとうセインは向かい側に座るアルヴィスに声を掛けた。

「アルヴィス、敵となる組織として考えられるところはどこだ？」

さすがにセインも他国の内情にまでは詳《くわ》しくない。これが自国であれば、大体のことを把握《はあく》しているのだが。

「やはりまずは『聖なる光の民』の過激派。そして第二に反第一王子派。いわゆる私が王太子になることを反対する貴族の一派だ。そして第三は聖教会だ」

「聖教会？」

「ああ、聖教会は国王と並び立つ権力を有する独立した機関だ。反乱軍が『聖なる光の民』と名乗ったことで、『聖なる光の民』と聖教会の間に亀裂が入った。『聖なる』というのは聖教会のみが使えるとされる言葉だからな。それから聖教会側は彼らを『邪心を抱く反乱軍』として排除すべきだと声を上げている。もしかしたら今回の襲撃未遂事件は聖教会が手を回していて、『聖なる光の民』を潰《つぶ》すため、彼らの仕業《しわざ》だと我々に思わせようとしているかもしれない」

『聖なる光の民』を潰すために、聖教会が王国の転覆を狙ったかのように見せる襲撃をすると
は、俄かには信じられない。
「先ほどハーシェイ殿が言われていたが、聖教会が王国と『聖なる光の民』の共倒れを願って
いるかもしれないということか」
「ああ。王国が倒れたら、聖教会による国が興《おこ》されるように算段していてもおかしくないな。
あいつらは清廉《せいれん》そうな顔をして、腹は黒いからな」
この王国のどこに敵がいるのかわかったものではない。これでは疑心暗鬼に陥《おちい》ってしまうの
も納得できた。
「くそっ……。リュゼも聖堂騎士だから、聖教会側の人間だ。となると、リュゼも怪しいとい
うのか？」
まさかと思いながら口にすると、アルヴィスが肯定《こうてい》する。
「そういうことになるな」
リュゼは王立アカデミー時代からの友人だ。そんなリュゼが敵かもしれないとは、アルヴィ
スに簡単に肯定してほしくなかった。
「いや、アルヴィス、昨夜リュゼは私たちと一緒に敵を討伐《とうばつ》してくれた。グリフォンに吹き飛
ばされ気絶したくらいだぞ。私たちを裏切ったりなんてしていない」
セインは自分に言い聞かせるように言ったが、アルヴィスを納得させるまでにはいかないよ

うだ。彼が苦笑する。

「……そうだな。そう思いたい。だが、私が信じられるのは、自分で人選した『閃光の騎士団』の騎士たちとお前だけだ」

「っ……」

セインの心臓に大きな棘《とげ》が刺さったような深く鋭い痛みが走った。

彼から離れなければならないと思っているセインにとって、自分が彼の信頼できる一人だと言われて胸が痛んだのだ。

アルヴィスを突き放したいのに、突き放せない――。

セインの胸の一番深いところにしまわれたはずの恋心が悲鳴を上げそうになった。

四面楚歌《しめんそか》のような状況に彼を一人、置いてはいけない。できるだけ関わりたくなかったのに――。今を逃せば、また彼に心を引きずられる日々が長くなる。だが――。

だが、彼を今見捨てたら、セインはたぶん一生後悔するに違いなかった。

セインは息を大きく吸って、吐く。

彼と距離を置くのは、この件を片付けてからでもいい。どうせ苦しい想いを抱《かか》えるのは同じだ。

「アルヴィス、もうしばらく私もこちらに滞在しよう。ある程度犯人に目星がつかなければ、私も気になって夜も寝られないからな」

「お前は、明日の自国の舞踏会に間に合うように、今夜にでも帰るんじゃなかったのか？」

アルヴィスが帰国の件に対して、何も聞いてこないのを不思議に思っていたが、やはり彼なりにセインのスケジュールを把握していたのだろう。

「月一回の定例の舞踏会だ。さほど重要ではない。欠席しても構わないさ」

「欠席しても構わない……か。お前の伴侶《はんりょ》を選ぶ大切な機会ではないのか？」

その問いに、セインは一瞬息を呑んでしまった。

「お前が王太子妃候補から、本格的に伴侶を選ぼうとしていると聞いている」

「……そうか」

声が小さくなる。知られてもいいと思っていたが、実際、彼に知られると、知られたくなかったという思いが込み上げてきた。

彼の存在など、もうどうでもいいと今まで自分に言い聞かせてきたが、本当はどうでもいいものではないのだ。気付きたくなかっただけで、アルヴィスの存在は、とてもどうでもいいものではなかったのだ。

しばらく沈黙が続く。馬車の車輪が石畳《いしだたみ》でガタゴトと音を立てて、車内が小刻みに揺れた。窓のカーテンは行きとは違って開けられており、柔らかな日差しが馬車内を照らす。何もなければ、とても穏やかな昼下がりだった。

ようやくアルヴィスが口を開く。

「王太子妃を選ぶのを止《や》めてくれ……と私はお前に言える立場ではないのだな?」

不覚にも彼の言葉に目を見開いてしまった。これで彼にセインが彼の言葉に動揺したことが伝わるに違いない。セインはさりげなさを装って彼から視線を外し、答えた。

「立場がどうとかいうよりも、私は王太子だし、君も直《じき》に王太子に選ばれるだろう。しかもアルファだ。私はリシェルがいるからまだしも、君は優秀な後継者を作らなければならないはずだ。それは王太子に課せられた責務だろう?」

「アルファ……王太子……そんなもの、一つも望んではいなかったのだがな」

彼が苦しそうに無理やり笑みを浮かべた。

「運命とはそういうものだ」

「運命……。お前は『運命のつがい』を信じているか?」

セインはアルヴィスに視線を戻した。彼の上質なルビーのような濃い赤色の瞳とかち合う。

運命のつがい――。

それは一生に一度会えるかどうかわからない魂《たましい》の伴侶と言われている。アルファやオメガに生まれついたなら、誰もが一度は憧《あこが》れ求める、永遠の愛を誓《ちか》うつがいであった。決してセインとアルヴィスのようなアルファ同士の間には存在しない絆だ。

「――信じるよ」

本当は信じたくない。そんな相手がいつかアルヴィスにも現れるかもしれないと思うと、嫉《しっ》妬《と》でおかしくなりそうだった。だがこの想いを乗り越えて、将来お互いに伴侶を連れて笑顔で会えるような友人になりたいと願っているのも確かだ。

心に痛みを伴《ともな》う未来を願う自分に笑うしかなかった。それでもこれがたぶん自分にとって、この世で一番幸せな未来への選択なのだ。

「……私の弟が運命のつがいと結婚したからな」

「へぇ……。で、お前は義理の弟に当たる男とは上手《うま》くやっていけそうなのか？」

「無理そうだ。可愛《かわい》げのない義弟だ。できればこのままリシェルと離婚してしまえばいいと思っている」

「悔しいな……。お前にそんな風に嫌われているなんて。それは私限定だと思っていた」

「べ、別に君のことは嫌っていないぞ」

そう言ってやると、アルヴィスは寂しげに笑みを零《こぼ》しただけで、そのまま窓の外へと視線を移し、風景を見始める。突然の沈黙にセインも言葉を失った。

馬車はそのまま無言の二人を乗せて、王宮へと戻ったのだった。

王宮に戻ると、ダリルが険《けわ》しい表情で待っていた。

「どうした？　ダリル」

「人払いを」

アルヴィスはすぐに自分の後ろに控えていた騎士たちに退室するよう促《うなが》した。セインも退室すべきか悩んで、ダリルに直接尋ねる。

「私は？」

するとダリルではなくアルヴィスが答えた。

「お前はいろ」

にべもない言葉にセインが両肩を上下させると、不服そうにダリルが口を開く。

「セイン殿下はここにいらっしゃっても構いません。他国の人間といえど、既にいろいろとご存じですから、隠し立てしても今更ですよね」

嫌みを言っているのが丸わかりだが、セインは涼しい顔をしてアルヴィスの隣に立った。

アルヴィスは騎士らが退室したのを確認して、ダリルに改めて尋ねた。

「何があった？」

「殺された第一補給部隊所属の書記官、ペリー・ナカランの上官が姿を消していることが、先ほど判明しました」

「上官？」

「はい、聖教会から派遣《はけん》されていたカルディナル司祭です。補給部隊の人間に聞き取りをしたところ、昨日から姿を見ていないそうです」

聖教会の名にどきりとする。やはり『聖なる光の民』を反乱分子に仕立て上げ、排除しようとしているのだろうか。

「アルヴィス、聖教会の人間はこの王宮の内政などに関わっていることが多いのか？」

「そういえば、お前の国は政教分離だったな。この国では聖職者も政治に参加できることになっている。そんなに多いという訳ではないが、大臣を兼ねた聖職者もいる。こちらとしては適当な肩書きをつけて、あまり重要な部署に配置しないようにしているが、そこをすり抜けてのし上がる人間はのし上がる」

「聖教会側からしてみれば、密偵を入れるのもたやすいということか」

「残念だが、そういうことだ」

アルヴィスと二人で頷いていると、ダリルが呆《あき》れた顔で口を挟《はさ》んできた。

「お二方とも、あまり悪いことばかり言わないでくださいよ。聖教会側の人間を受け入れるのは、我々にとっては優秀な人材は幅広《はばひろ》く採用したいという目的がありますから。聖教会の聖職者全員を悪者扱《あつか》いするようなことはしないでください。リュゼだって聖教会に属する聖堂騎士なのに……」

どうやらダリルは聖堂騎士であるリュゼを気遣っているようだ。ダリルはセインを目の敵《かたき》にしているが、基本、友情には篤《あつ》い男だ。リュゼのことを無視したかのように話をしているセインたちを戒《いまし》めたかったのだろう。

「まあな、ダリルが言うことにも一理ある。どこに所属しているかで、判断するのもよくないか。実際、悪事に加担している人間は、聖教会側だけじゃないからな。で、カルディナル司祭を捜索中なのか？」

アルヴィスが本題に戻す。するとダリルも慌てて答えた。

「はい。聖教会に問い合わせたのですが、調べて報告すると言われたきりで……返事を待っているうちに証拠隠滅《いんめつ》でもされたら……」

「あまり急《せ》かしては駄目だな。こちらが何かに気付いたことを聖教会側に知らせるようなものだ。秘密裏に我々でも調べよう」

「わかりました。あと、こちらが彼の人相画と身体的特徴《とくちょう》のメモです」

ダリルが筒状に丸めた人相画と一枚のメモを渡してくる。紐《ひも》を解いて人相画を広げると、神経質そうな男の顔が描かれていた。なんとなくセインの胸に嫌な予感が走る。

「アルヴィス……」

「何だ？」

「ここ数日の身元不明の事故死、または自死した人間もチェックしたほうがいい」

セインの言いたいことがアルヴィスにも伝わったようで、彼の口許《くちもと》に笑みが浮かんだ。

「なるほどな。死人に口なしだ。殺されている可能性も高いということか。聖教会からの返事を待つついでだ。『閃光の騎士団』にカルディナル司祭の行方を捜させつつ、私たちは身元不明の死体を銃士隊に確認してみるか」

アルヴィスの提案に、セインとダリルは頷いた。


その日の夕方に、セインはアルヴィスとダリルと一緒に、王都の銃士隊詰め所へと足を運んだ。銃士隊は王都の他、国の主要都市に配されている、地元の若者で構成されている自警団の一種だ。国から援助され、報酬《ほうしゅう》を得る代わりに、都市の治安維持《いじ》に従事していた。

アルヴィスやセインなどの王族が銃士隊を訪れたことがばれると騒ぎになるのは目に見えている。しかも死体を確認していたとなると、敵側にセインたちの行動がばれてしまう可能性が高かったので、魔法で髪や瞳の色を変えて、一芝居打つことにした。

「行方不明の年の離れた義兄を捜しているのです」

セインは旅人のような恰好《かっこう》をして、目を真っ赤に腫《は》らしていた。その後ろには顔をマスクで隠したアルヴィスとダリルが用心棒らしい出で立ちで控《ひか》えている。

貴族以外が護衛騎士をつけているのは不自然なので、あえて二人を用心棒っぽくしたのだが、童顔のダリルの扮装《ふんそう》が似合わな過ぎて、セインは泣きながらも内心、笑いを堪《こら》えていた。

「何か事情があるのかい？　旅の方」

「はい。私はデンバール王国の商家、ラスタカン家の息子……次男なのですが、腹違いの義兄が家出したまま戻ってこないのです」

セインはこの国の王子ではないので、あまり顔が知られていないこともあり、その美貌《びぼう》を隠すことなく、むしろ武器にして銃士隊員たちの同情を集めることに徹《てっ》する。

「義兄は前妻の子供で、跡継ぎ争いを避けるため、私に気を遣って家を出てしまったのです」

セインがほろりと涙を零すと、話を聞いていた人の好《よ》さそうな銃士隊員が慌ててハンカチを渡してくれた。

「その義兄が……この国に入ってから手紙をくれたんですが……」

ハンカチで涙を拭《ふ》きながらセインは悲しみに肩を震わせた。

「何かトラブルに巻き込まれて追っ手に追われているから、殺されるか自分で死ぬしかない……うっ……ないって……書いてあって……ううっ……」

セインは我ながら『演技の天才か！』などと思いながら、旅人で裕福な商人の息子を演じ続けた。悲しみに震えているセインの隣で用心棒役のダリルが言葉を続ける。

「それでラスタカン様は、連絡の途絶えた義兄上《あにうえ》が殺されているのではないか。そしてそのご遺体がこの国に収容されているのではないかと、ここまでいらっしゃったのだ」

ちなみにデンパール王国にラスタカンという豪商は実在する。セインの国と取引をしていて、セインとも顔なじみだ。なので後で彼に連絡して、話を合わせてもらうつもりでいた。

「王都の外れの墓地に身元不明の方のご遺体を埋葬《まいそう》する慰霊塔《いれいとう》があります。まだ亡くなって数日以内でしたら、埋葬されずに安置所にご遺体があるかと思いますからそこへ行かれますか？」

「ぜひ」

セインはいかにも義兄を慕《した》う義弟らしく、しおらしく顔を上げる。いかつい銃士隊員たちも、男であるはずのセインにまるで貴婦人であるかのように接した。

「行きましょう」

セインは後ろの用心棒に化けた二人に声を掛けると、銃士隊員の先導の元、隊員の詰め所から出る。セインたちはまずは墓地の安置所に侵入することに成功したのだった。


安置所には、ひんやりとした空気が満ちていた。魔法で遺体が損傷しないように冷やしているとのことだ。

セインたちは親切な銃士隊員に案内され、身元不明人の遺体が安置されている場所へとやってきた。ここ二、三日分の遺体ということで、五体が並べられていた。

「ありがとうございます。そうしたら義兄かどうか確認させていただきます」

「確認が済んだら、外で待っているから声を掛けてくれ。もし君のご家族だったら、引き取り手続きもするから言ってくれ」

「ありがとうございます」

セインは礼儀正しく感謝の言葉を口にして、安置所の中へと入る。ドアが閉まり、三人だけになった途端、ダリルが小声で話し出した。

「セイン殿下、どこからあの涙が出てくるんですか。普段の性格からはまったく想像できない姿に、僕は笑いを堪えるのに必死でしたよ」

意地悪く言ってくるダリルに、セインはにっこりと笑みを浮かべて対抗する。

「おや？　君と意見が合うこともあるんだな。私も君の用心棒姿を見て、笑い転げそうになって大変だった。お互い、忍耐力はあるほうなんだな」

「く……」

ダリル自身も用心棒スタイルが似合っていないことを自覚していたようで、言葉を詰まらせた。その様子をセインが鼻で笑ってやると、隣でアルヴィスが小さく溜息を吐く。

「お前たち、いい加減にしろ。ったく、緊張感ってものがないのか。ほら、チェックするぞ」

アルヴィスの声にダリルが情けない声を出した。

「うう……。こんな死体をチェックするなんて……。アルヴィス殿下に言われなきゃ、絶対断っている……」

ダリルが恐る恐る、死体に被《かぶ》せられているシートを捲《まく》り上《あ》げた。

「うわっ！」

見えるか見えないかで、ダリルは飛び上がり、壁へとへばりついた。

「はぁ……まったく、あてにならないな」

セインは呆《あき》れた目でダリルを見つめると、シートを勢いよく捲り上げてやった。ついでに隣のシートも捲ると、ダリルの小さな悲鳴が聞こえる。

「ひぃ～」

「……お前、もう少し躊躇《ちゅうちょ》したらどうだ」

セインの行動に、アルヴィスが苦笑しながら注意してくる。

「死体など、ある程度は見慣れている。魔物の出現が多い辺境に視察に行くこともあるからな。こんな綺麗な死体ならましなほうだ。内臓が飛び……」

「セイン、そこでやめてやってくれ。ダリルが半分失神しかけている」

「あ?」

振り返ると、ダリルが地面にひれ伏し、小さく震えていた。少し意地悪をし過ぎたかもしれない。

「本当に仕方ないな。アルヴィス、こいつちょっと甘やかされすぎてないか? 王宮の中枢《ちゅうすう》で働く予定なんだろう? もっと鍛《きた》えてやれ」

「まあ、それは追々《おいおい》だな」

アルヴィスが再びダリルに視線を遣ると、彼が涙目で謝ってきた。

「申し訳ありません……アルヴィス殿下～」

「謝るのはいいが、ダリル、セインに礼を言っておけよ。セインは口が悪いから気付かれにくいが、本当は怖がるお前の代わりにシートを捲ってくれたんだからな」

「え……？」

ダリルが驚いた顔でセインを見つめてくる。思わずセインはダリルから視線を外して死体のチェックをし始めた。

居たたまれなかった。だからわかりやすく人助けをしたくないのだ。毒舌で騙《だま》されてくれていたほうが、気が楽だというのに。

自分でも素直ではないとわかっている。本当の自分を知っているのは家族だけでよくて、他人は表面で適当に騙しておきたかった。だがアルヴィスはセインの表の顔だけでなく、素顔も知っている数少ない家族以外の人間だった。

こいつ、変なことばかり気付いて……。

そんなことを考えながら四つ目の死体のシートを捲り上げ、思わず動きを止めてしまった。

「……カルディナル司祭の人相画に似ていないか？」

セインの声にアルヴィスとダリルが急いでやってくる。

「確かに」

「あの、司祭の右手首にほくろがあるはずなのですが、ありますか？」

ダリルの言葉にセインは死体の右手首を見た。

「ある……」

セインはアルヴィスとダリルを見返した。アルヴィスが小さく頷き、口を開く。

「聖教会がもし隠蔽《いんぺい》工作をしても証拠になるよう、この死体を運び出そう」

「では、私はこれを義兄だと言って、書類の手続きをする。本物のラスタカン殿に迷惑を掛けないよう、アルヴィス、この書類、あとでちゃんと握り潰《つぶ》してくれよ」

ラスタカンには本当は、次男はいない。だからこそラスタカンの次男を名乗っているのだが、ある程度は話を合わせてもらう予定だとしても、それで彼らが罰《ばっ》せられたりしないよう、アルヴィスに念押しする。

「ああ、わかっている」

そうしてセインは書類の手続きをして、無事に司祭の遺体を持ちだすことができた。


カルディナル司祭の死因は太腿《ふともも》を斬《き》られたことによる失血死だと、安置所の役人に教えてもらえた。

司祭は隣町に向かう山道を馬で移動している最中に、山賊《さんぞく》に襲われ殺されたのだろうということだった。何しろ目撃者がいないので、すべて推測でしかないのだが、金目の物が一切残っていなかったこともあり、山賊による襲撃だと判断されたらしい。

三人は王宮に戻ってから司祭の死体を魔法で防腐処理をし、とりあえず隠した。聖教会の返答次第ではこの死体を活用しなければならないからだ。

「かすかに魔法が使われた痕跡を感じるな」

アルヴィスがセインも感じていた違和感を口にした。ダリルもまた頭を捻《ひね》る。

「山賊の中に魔法師がいたのでしょうか？　でも、もしそうならわざわざ剣で襲わなくともいいはずですよね。人を殺せるような魔法が使えない魔法師だったのでしょうか？」

ダリルの言葉に、アルヴィスが死体に手をかざし、痕跡をくまなく調べながら答える。

「いや、山賊というよりは、この痕跡からは、山賊に襲撃されたと見せ掛けて始末されたと考えたほうが、信憑性《しんぴょうせい》があるな。ただ、魔法師にしては魔法の痕跡が薄い」

「魔道具が使われたかもしれないぞ」

セインの声に、アルヴィスが頷いた。

「ああ、それならこの僅《わず》かな魔法の痕跡にも説明がつく。一度、魔道具に詳《くわ》しいカレウスの意見も聞いてみるか。しかし、この状況を弟にどう説明するかのほうが難しいな。あまりカレウスを巻き込みたくないし」

「カレウス殿下は、お兄ちゃん大好きっ子なんだろう？　なら理由を聞かずにいろいろ意見してくれるんじゃないか？」

セインがそう言ってやると、アルヴィスが複雑な表情をした。

「カレウスは私を慕《した》ってくれるが……お前に言われると、なんだかもやもやする」

意味がわからずセインは首を傾げる。

「何故、もやもやするんだ？」

「……お前が嫉妬《しっと》してくれないからだ」

「どうして嫉妬しないといけないんだ？　それに相手は弟だろう？　大体、私は誰かが君のことを好きだって言ったたって、別に構わないが？」

セインが話せば話すほど、どんどんアルヴィスの表情が暗くなっていく。

「……セイン、それ以上、致命的な打撃を私に与えるな。士気が下がる」

「な……」

莫迦《ばか》なことを言う彼を責めようとセインが口を開きかけると、隣からダリルが二人の間に入った。

「セイン殿下、これ以上は口を慎《つつし》んでください。今から我々は真の襲撃犯を協力して捜さないといけないんです。アルヴィス殿下の士気が下がるようなことは、仲間として言うべきではありません」

キッと睨《にら》みつけられ、セインも負けじと対峙《たいじ》した。

「ダリル、こんな莫迦な言い分を認めるのか？」

「認めます！」

「ったく、君はいつもアルヴィスの味方だな」

「当たり前です。僕はアルヴィス殿下のシンパですから」

胸を張って告げるダリルを見て、セインはこういう風に素直にアルヴィスのことを好きと言える彼を少しだけ羨《うらや》ましく思った。

私だったら、絶対言えない――。

きゅっと拳を強く握りしめると、アルヴィスがセインの様子に気付いたかのように、軽く背中を叩いてくれた。それでふっと我に返る。

「セイン、リュゼを含めて我々三人と上手《うま》くやっていけるか？　お前は我が国の人間じゃないんだ。この計画から下りても……」

「前も言っただろう？　協力するよ。『聖なる光の民』の襲撃じゃなかったら誰が真の犯人なのか、私も気になるからな」

「危険なことはしないでくれよ」

「わかっている。それにマスタニア王国の国王陛下を除いては、君の精鋭隊『閃光の騎士団』と私たち四人しか襲撃未遂事件の詳細を知らないんだ。黒幕が本当に王宮に入り込んでいるのなら、このまま我々だけで情報を握っているほうがいいだろう。どこからか情報が洩れて逃げられる可能性だってある」

「殿下、僕だとて、これはこれ。大義の為《ため》なら嫌いな相手とも仲間になれます！　うっ……」

ダリルにセインは無言で肘鉄《ひじてつ》を入れてやった。アルヴィスはそんなセインに苦笑しつつ、言葉を続ける。

「取り敢えず『閃光の騎士団』には、カルディナル司祭の捜索を止めさせて、司祭と接触のあった不審者がいないか調べさせている。我々は聖教会からの返答を待ちつつ、司祭の最近の行動を調べよう」

「わかった」

まずは昨夜の襲撃が本当に『聖なる光の民』の仕業でなければ、誰が彼らを騙って王国に被害を与えようとしているのかを探らねばならない。誰もが犯人である可能性がある今、セインたちはより慎重な調査をしなければならなかった。

セインはこの事件を解決するまで、アルヴィスを補佐しようと決めている。事件を解決せずに帰国して王太子妃を選定しても、これから先、ずっと後悔し、彼への想いを引きずりそうだったからだ。

わだかまりをなくして、前へ進んでいきたい――。

セインはそっと胸に誓《ちか》った。

そしてその夜、アルヴィスたちの許《もと》に聖教会からカルディナル司祭が行方不明だという連絡が届いた。

翌朝、セインはアルヴィスとダリル、そしてリュゼと一緒にアルヴィスの執務室に集まっていた。リュゼは聖堂騎士で、本来はマスタニア王国王都の大聖堂に所属しているが、今朝《けさ》、アルヴィスが特別に呼び出したのだ。

「知っての通り、昨夜聖教会からカルディナル司祭が行方不明だという報告を受けた。本来聖教会の教皇、または大司教になれるほどの人物ならば、その魔法力で聖教会に属する現職の聖職者の生死くらいはわかるはずだ」

アルヴィスの声にセインは続けて口を開いた。

「カルディナル司祭が死んでいるのに、行方不明との報告が来たということは、聖教会は我々に虚偽《きょぎ》の報告をしたということになるな」

ダリルやリュゼの顔にも緊張の色が走る。彼らもわかっていたはずだが、敢えてセインに口にされることで、より実感できたようだ。

「聖教会が本当にこの襲撃未遂事件に一枚噛んでいるということですか?」

ダリルの声が震えていた。

「今回だけじゃない。今までもそうだったかもしれない。リュゼ、お前は聖教会側で何か不審な動きがあったか知らないか?」

アルヴィスの質問にリュゼは首を横に振る。

「私は大聖堂所属ではありますが、あくまでも騎士ですので、聖教会上層部の動きは尚更《なおさら》わかりません」

「そうか……聖教会が本当に黒幕なのかも慎重に調べないとならないな」

「しかし嘘など吐いて、どうして急に聖教会側は王国を裏切るような真似をしてきたんだ？　今まで聖教会とはそれなりに良い関係だったんだろう？　何かきっかけに心当たりはないのか？」

セインは疑問に思っていたことの一つをアルヴィスに尋ねた。急に王国側へ攻撃を仕掛けてきたことに違和感しかない。だがアルヴィスの答えは意外なものだった。

「いや、急ではないかもしれないな。以前から少しずつ我が国に『聖なる光の民』だと偽《いつわ》り、攻撃を仕掛けていたのかもしれない。だがそれも、今、考えられる可能性の一つなだけであって、真実ではないかもしれない。どうやら我々の間抜けぶりが露呈《ろてい》してしまったな」

自嘲《じちょう》気味に笑うアルヴィスにセインは掛ける言葉が見つからなかった。

「一度、ハーシェイと今までの事件を突き合わせて、本当にどれが『聖なる光の民』が関係している事件だったのか調べてみるか」

「国王陛下には？」

「父上には昨夜のうちに報告した。聖教会の虚偽の報告についても、父上はご存じだ。その上で表面上は、父上は何も知らないという態度に徹《てっ》することにした。そうでないと聖教会側、またはそれとはまったく違う真の犯行グループが証拠隠滅を図りかねない。私は今回を機に、一気に膿《うみ》を出したい」

アルヴィスの赤い瞳が鋭く光る。彼が並々ならぬ決意を秘めていることが、セインにも伝わってきた。

「あと、この音を聞いてくれないか」

そう言ってアルヴィスが手のひらに出したのは魔道具だった。

「人は死んだ後でも聴覚はしばらく生きている。数日経ったが、それを魔法でぎりぎり追うことができた。これが、カルディナル司祭が死んだ直後に聞いた音だ」

リィーン……リィーン……。

何とも涼やかな音が聞こえる。

「この音の正体も調査してい……る」

『そこを退け！』

アルヴィスが話している途中で執務室の外が急に騒がしくなり、勢いよく部屋のドアがノックされた。返事をする前にドアが荒々しく開けられ、警備隊がどかどかと入ってくる。

「何事だ。今、執務中であるぞ！」

「アルヴィス殿下、カルディナル司祭殺害の容疑者として、我々にご同行願いたい」

◆
Ⅵ
◆

アルヴィス、大丈夫だろうか……。

セインは夕食後、客室に戻って窓からアルヴィスが軟禁《なんきん》されている部屋のほうを見つめていた。

実は昼間、王宮内に隠したはずのカルディナル司祭の死体が、たまたま王宮へ来た魔法省長官、マークレイ侯爵によって見つかってしまったのだ。魔法力が強いマークレイは、死体からアルヴィスの魔法を感じ取り、アルヴィスが詳《くわ》しい事情を知っているだろうと判断したらしい。そのため警備隊の兵士らが執務室に押し掛けてきたのだった。

結局、アルヴィスが殺したという証拠もないことと、彼が王族であること、父である国王がしっかりした証拠が出てくるまでは処罰《しょばつ》しないと宣言したこともあり、アルヴィスは牢屋《ろうや》に入らず、重要参考人として王宮の一室で軟禁状態となっている。

ダリルとリュゼも王宮に留め置かれている中、セインだけは他国の王族ということもあって、今までと何ら変わりない待遇を受けていた。だが、今夜には帰国するよう勧告されているため、急ぎ帰国の支度をしている。護衛の兵士たちも、慌ただしく出発の準備を整えていた。

帰る前にもう一度アルヴィスに会いたかったが、それは叶《かな》いそうにもなかった。

アルヴィス、どうか、何事もないように——。

ただ祈るしかない。

国王がアルヴィスの無罪を知っているのがせめてもの救いだった。国王も内部の膿《うみ》を出すために、ぎりぎりのところで堪《こら》えつつアルヴィスを守ってくれるはずだ。

ただ、昨夜、聖教会が『カルディナル司祭は行方不明』と虚偽《きょぎ》の報告をしたため、昨夜までは司祭が生きていて、今日殺されたのだろうということで調査が進められていることに不安を覚えた。今日死んだと断定されれば、アルヴィスの関与が確実に疑われる。

「上手《うま》くいくといいが……」

そう呟くと、部屋の片隅に置いてあったピアスに嵌《は》められていたルビーが淡くポォッと光った。

「っ……」

これはアルヴィスの弟、第二王子カレウスに貰《もら》ったアルヴィスと対《つい》のピアスだ。得意分野の魔法力をお互いに補える魔道具であるが、そこに嵌《はま》っている石が何かに反応していた。

近くにアルヴィスがいるのか——？

セインは静かに窓際へと走り寄った。庭を見下ろせば、そこに黒い影が二つ見えた。アルヴィスとリュゼだ。セインは慌てて窓を開けた。

「アルヴィス」

セインの声にアルヴィスが顔を上げた。月明かりの中、彼の端整な顔がセインの瞳に映《うつ》る。

「セイン、今夜お前が国に戻ると聞いて、最後に一目だけでも顔を見ようと寄った」

「寄ったって……どこに行くんだ？」

「リュゼと二人でカレウスの研究塔へ行ってくる。司祭が最期に聞いた音について何かわかったらしい」

どうやらあの不思議な音の解析を既にカレウスに頼んでいたようだ。

「アルヴィス、君が抜け出したことがわかったら、何も知らない奴《ヤツ》らに益々《ますます》疑われるぞ。魔法でやりとりはできないのか？」

「あいつの研究塔は、研究内容の盗難などを防ぐため、結界が張ってあるんだ。直接行くしかない」

「カレウス殿下にこちらに来てもらったほうがいいのではないか？」

セインは思いつく限り、アルヴィスを引き留める方法を考えた。だが、彼は首を横に振る。

「疑いがかかった私がカレウスと接触したことが公《おおやけ》に知られたら、一時的にでもカレウスを巻き込むことになる。それを避けるためにも、私が密《ひそ》かに彼の研究塔へ行ったほうが弟も安全だ」

アルヴィスのカレウスに対する気遣《きづか》う心は、セインにも痛いほどわかった。セインも、もし自分が危険な行動をするならば、絶対に弟のレザックやリシェル、そして小憎《こにく》らしいがリシェルの伴侶《はんりょ》、新しい家族でもあるクライヴを巻き込みたくない。

「だが……」

「ダリルが私の代わりに部屋にいる。魔法で見た目は私になっているから、誰かが来ても、どうにか誤魔化してくれるだろう」

アルヴィスはもう決めているのだ。セインも自分の想いだけで、無責任な言葉を掛けるのを止《や》めた。

「……気を付けろよ。私は国に戻っている。この事件について君からの報告を待っているから、必ず直接知らせてくれ。部屋には君が転移できるように徴《しるし》を置いておく」

「ふ、まるで誘われているようだな」

彼がふわりと笑みを零《こぼ》す。セインは彼のその瞳に吸い込まれそうな錯覚を抱《いだ》いた。急に彼を抱き締めたくなる。どうしてか今生《こんじょう》の別れのような気がして、胸が切なさに疼《うず》いた。だが弱気なことを口にする性分でもなく、強がった言葉を吐き出す。

「……ったく、寝言は寝てから言え。だが、そんな莫迦《ばか》な夢を見るような余裕があるなら大丈夫だな。せいぜいポジティブに考えて頑張れよ。結果を待っている」

「ああ、じゃあ」

アルヴィスはそう言いながら、魔法を使ったのか、ふわりと地面から浮く。ゆっくりとセインがいる窓辺までやってきたかと思うと、彼の指先がセインの頬に触れた。そのまま彼の唇がセインの唇にそっと重ねられる。

あ……。

彼の情熱的な赤色の瞳とセインのスミレ色の瞳がかち合い、そして視線を絡ませたまま、彼の唇が離れていく。それは僅《わず》か数秒のことだったのに、セインの胸に熱い想いが湧き起こった。

愛している――。

突如《とつじょ》押し寄せた感情に、セインは涙が溢《あふ》れそうになる。

いつもは胸の奥に押し込めていて、滅多《めった》に外に出さないのに、ずっと抑えつけていた分、それは激流になってセインの心を押し潰《つぶ》した。

「アル……ヴィス」

彼が音を立てずに地面に着地するのを目にしながら、セインは彼の名前を知らず知らず口にしていた。彼が何だ？　という風に顔を上げる。

言ったら後悔する。だが、言わなくても後悔するような気がした。

「っ……」

刹那《せつな》、堰《せき》を切ったかのようにセインの心情が零《こぼ》れ落《お》ちた。

「……私に愛を告げたいなら、今回の事件、きちんと始末をつけろ。失敗するな」

「セイン」

アルヴィスの目が少し驚いたように見開かれる。きっと可愛《かわい》げのない言い方なので呆《あき》れているのだろうと思うが、セインの性格からして、これ以上は素直に言えないのだから仕方がない。

「無事に解決したら、君の世迷《よま》い言《ごと》を聞いてやる」

そう言ってやると、彼の見開かれた目が、今度は優しげに細められた。

「心配するな、無事に戻ってくる。それと世迷い言ではない。私の本心だ」

アルヴィスはそれだけ言うと、リュゼを連れて、去っていった。後に残るのは、静寂な月夜に響く涼やかな虫の音だけだ。セインはアルヴィスの背中が消えるまでずっと見つめていた。

それから十分ほど経《た》っただろうか。今回の訪問の護衛隊長を任されている魔法騎士団、第一部隊隊長のハリスが声を掛けてきた。

「セイン殿下、今夜ですが、予定より少し早めの出発になりそうです」

ハリスは義弟、クライヴの上司でもあるので、マスタニア王国滞在中にクライヴの弱点を聞き出そうと思っていたのだが、そんな暇《ひま》もないほど目まぐるしい建国祭の滞在となった。

滞在していた部屋は既に綺麗に片付いており、セインも荷造りを終え、それらは部屋の隅に纏《まと》められている。馬車に乗って小一時間でセシルク移転門に着き、そこから二十分ほどでカミール王国へ到着する。

本当はアルヴィスの無事を確かめてから、この国を離れたかった。

後ろ髪を引かれながらも、窓から視線を外した時だった。セインの左指に嵌った指輪が光を放つ。レザックからの魔法による通信だ。

またリシェルに何かあったのか？

少し不安に思いながら応答した。

「どうした？」

セインの声と同時に、指輪が放つ光の中にレザックの姿が小さく浮かび上がったかと思うと、レザックの悲痛な表情に、セインは自分の勘が当たったことを悟る。いつもとは違って、そこには取り乱したレザックがいた。

『兄上！　リシェルが舞踏会の会場で忽然《こつぜん》と消えました！』

その声にセインの息が止まりそうになった。

「な……誰の仕業《しわざ》なんだ？　リシェルを前回誘拐《ゆうかい》した奴らは捕まえていたのだろう？」

『ええ、彼らとはまた別の人間だったので、会場でリシェルの姿に変身していた魔法師を捕まえ、誰の仕業が吐かせました』

「一体、他の誰が犯人だったんだ……」

『シャンドリアン・ジア・ロレンターナ侯爵令息です』

セインは一瞬、言葉を失う。それは協定を結んでいた友人の名前だった。

「……か、彼が？　どうして彼がリシェルを誘拐するんだ？」

『理由はわかりません。ですが彼の仕業であることは、ほぼ間違いはないでしょう。今、クライヴ殿がリシェルに身につけさせていたバングルが、その威力を発揮《はっき》して居場所を知らせてくるのを待っているところです』

「そんな悠長《ゆうちょう》な……。今、この時もリシェルの身に何か起こっているかもしれないのに、ただ待っているだと？」

徐々に自分自身でも取り乱し始めたのがわかる。だが逆にレザックは落ち着いてきたようだった。冷静に話し続ける。

『兄上、落ち着いてください。リシェルには多くの加護魔法が施《ほどこ》されています。簡単に殺されたりはしません。今は転移魔法が使える魔法騎士で隊を作って待機しております。あとはリシェルの反応があり次第、全員でその座標を目印に転移して総攻撃を仕掛けます。シャンドリアンはかなりの魔法力の持ち主ですから、我々も心してかかります』

シャンドリアン――。

セインも最近、シャンドリアンの言動に不審を覚えることが多くなり、距離を置いていたところだ。今回の舞踏会もシャンドリアンではなく、違う王太子妃候補と踊る予定だった。

シャンドリアンは王太子妃にはなりたくないと言っていた。お互いにギブアンドテイクで、しばらく虫よけの役割をし合おうと決めていたはずだ。

だが、時間が経ち、彼の心情に変化があり、王太子妃の座を狙《ねら》うようになったのかもしれない。そういえば、シャンドリアンにセインの次の国王はリシェルの子供だと言ったことがあった。あの時、シャンドリアンはどんな表情だっただろうか――。

思い浮かべた途端、セインの背筋がぞっとした。それは恐ろしい顔ではなかったか。

考えすぎかもしれないが、もしかしたら彼は王太子妃になり、自分の子供を次期国王にするために、邪魔なリシェルを害しようとしているのではないだろうか。

「っ……まさか私のせいで……リシェルに被害が及んだのか？」

『兄上のせいではありません。シャンドリアンは魔法に長《た》けた人物です。実際それが売りで兄上の王太子妃候補ナンバーワンだったのですから。彼はたぶん魔法を使って兄上に己《おのれ》の気持ちを悟られないようにしていたのだと思います』

レザックが気遣ってくれるが、自分にまったく責任がないとはとても思えなかった。彼の本心が見抜けなかったのはセイン自身だ。もし、本当にシャンドリアンが犯行に及んでいるのなら、彼の罪から目を背《そむ》けずに、きちんと断罪し、彼の痛みもこの身に受けるつもりだ。それが自分が彼に対して最後にできることであり、償《つぐな》いだと思った。

『兄上……』

「私も今からそちらへ向かう。数時間後にはそちらに着けるはずだ」

転移魔法が使える者は少ない。残念ながらセインは使えないうちの一人だった。

『わかりました。兄上がこちらに到着する前に、リシェルが見つかるとい……』

その時だった。レザックの言葉を遮《さえぎ》って、ドアの向こうから護衛騎士の声が響く。

「申し訳ありませんが、今こちらにお通しすることはできません。セイン殿下はお話し中で……っ」

誰かが訪ねてきたようだった。こんな出発間際に訪ねてくる客の切羽詰《せっぱつ》まった様子がドア越しから伝わってきて、セインは手でレザックに待つように合図し、自らドアを開ける。

「セイン殿下！」

ドアを開けた先にいたのは、護衛騎士に引き留められているダリルだった。

「ダリル、どうした？」

「セイン殿下！　アルヴィス殿下を助けてくださいっ！」

ダリルが悲壮《ひそう》な顔で叫ぶ。

「アルヴィスがどうかしたのか？」

セインは慌てて彼に駆け寄った。護衛騎士もセインが部屋から出てきたこともあって、ダリルから手を放す。ダリルはそのまま崩れるようにして床に膝を付いた。

「ダリル、大丈夫か？」

床に跪《ひざまず》くダリルにセインが手を貸すと、その手にダリルが強い力でしがみ付いてきた。

「助けてください！　アルヴィス殿下の行動が漏れています。どこかにスパイが……」

「アルヴィスの行動が漏れている？」

「殿下がカレウス殿下に会いに行かれるのは極秘でした。知っているのは私と、護衛として連れて行ったリュゼ、そして配下の『閃光《せんこう》の騎士団』の騎士だけだったのです」

確かにセインにも知らされず、まさにアルヴィスが抜け出す直前に顔を出したくらいだ。細心の注意を払っていたのだろう。だが、それが漏れるというのは、信頼する者の中に裏切り者がいるということだった。

「ダリル、中へ」

セインはこれ以上誰かに聞かれてはまずいと思い、部屋の中にダリルを招く。護衛騎士たちも心得ており、すぐにドアを閉めた。

部屋に入った途端、ダリルは涙を溢《あふ》れさせ、説明し始める。

「私は殿下の代わりに部屋にいて、見回りが来たら返事をして、殿下の不在を偽装する役割を担《にな》っておりました。ですがあまりにも外が静かなので、用事がある振りをしてドアの外を覗いたところ、見張りの兵士がいるはずなのに、一人もいなかったのです」

「見張りの兵士がいない？」

「ええ、それであたりの様子を窺《うかが》っていると、兵士たちが急いで王宮から出て行くのを目にしました。そこで聞こえてきたのが、アルヴィス殿下が罪の発覚を恐れ、逃亡したという話でした」

「逃亡？　一体誰がそんなことを」

「わかりません。ですが、司祭の殺人容疑を着せられているのに、もし逃亡したことにされてしまったら、殿下の罪が更に重くなります。それに外出先で見つかれば、相手の思うつぼで裁判にも掛けられず、その場で殺されてしまうかもしれません。そうなると国王陛下でも殿下を救うことができません」

　ダリルの目には大粒の涙が溜まっていた。

「もう僕一人ではどうにもできず、扮装《ふんそう》を解いてここまで来ました。セイン殿下、アルヴィス殿下を救ってください」

　アルヴィスの姿のままではセインの部屋まで来られなかったのだろう。ダリルは泣くのを堪《こら》えるようにして鼻を啜《すす》った。以前からセインを快《こころよ》く思っていないことを隠さないダリルが、なりふり構わずセインに頼み事をしてくるなど、今までなら考えられないことだった。だが、それほど事態は切羽詰まっているのだ。

「私の部屋まで兵士が来ていないところから考えると、敵もさすがに外交問題にはしたくないようだな。だが私をさっさと国外退去させたかったのは、アルヴィスに罠《わな》を仕掛けるために、味方を減らしたかったからかもしれない。ダリル、不躾《ぶしつけ》な質問だが、国王陛下は本当にアルヴィスの味方なのか？」

　アルヴィスに不利な動きがこの王宮の中で起きている。誰かが何かの目的でアルヴィスに濡れ衣《ぎぬ》を着せているような気もしてきた。そんなことができるのは、王宮である程度権力を持っている人物だけだ。

「味方のはずです！　国王陛下は、王宮内に反乱分子が紛《まぎ》れていることは把握《はあく》されています。ですが首謀者《しゅぼうしゃ》を突き止めるため、アルヴィス殿下に極秘に探らせているとも聞いています。ですが極秘のため家臣の多くは陛下とアルヴィス殿下が共闘《きょうとう》しているとは思っておらず、味方が少ないのです」

「なら、アルヴィスにもしものことがあった場合、絶対に国王陛下が助けてくれるんだな？　極刑に処されたりはしないんだな」

ぎりぎりのところで必ず国王がアルヴィスを救ってくれるという確信が欲しかった。アルヴィスは王太子の最有力候補だ。そんな優秀な息子を見捨てるはずはないと、セインは信じたかった。

「そのはずです。ですがそれは裁判に掛けられた場合の話で、どこかで暗殺されでもしたら、陛下にも助けられないでしょう。今回、兵士らの中に暗殺者が紛れ込んでいたら、この騒動に乗じて殿下を暗殺しようとするかもしれません」

ダリルが両手で自分自身を抱き締めた。震えが止まらないのだ。

「……もう誰が敵なのかわかりません。ですが、セイン殿下、あなただけはアルヴィス殿下の味方ですよね」

ダリルが縋《すが》るように真摯《しんし》に見つめてきた。その緑の瞳は涙で濡れてはいたが、力強い光を放っている。

「僕が今信じられるのは、セイン殿下、あなたしかいないんです！」

「ダリル……」

セインが彼に手を伸ばそうとすると、それまで黙っていた護衛騎士のハリスが口を開いた。

「殿下、そろそろ出発のお時間です」

「っ……」

セインは反射的にハリスを振り返る。手元の指輪からは未《いま》だ光が放たれており、その光の中にはレザックもいた。二人ともセインの言葉を待っている。

リシェルが誘拐された――。

すぐにでもリシェルの捜索に参加したかった。

大切なリシェルを無傷で取り戻したい。自分ならば、もしかしたらシャンドリアンを説得できるかもしれないと思うと、今すぐにでも飛んで行きたいほどだった。だが。

アルヴィスが敵の罠に嵌るかもしれない。そして殺されたら――。

躰《からだ》の芯が恐怖で竦《すく》んだ。大切なリシェルやレザックのことではないのに、こんなに怖いと感じたのは生まれて初めてだった。セインの握りしめた拳《こぶし》に力が入る。

「――ハリス、君は確か転移魔法が使えたはずだったな」

「え？　あ、はい」

ハリスの返事に、セインは次の指示を出した。

「ここにいる護衛騎士で、転移魔法が使える騎士は、今すぐ全員カミール王国へ戻り、クライヴの補佐をしてくれ」

「殿下？」

ハリスはセインの言葉をしっかり理解できていないようだったので、セインはさらに言葉を足す。

「私はダリルと二人でアルヴィスの救出に向かう。転移魔法が使える者は、私とは別行動をしてもらう」

「殿下、護衛を減らすなどと危険です！」

ハリスが慌てて止めに入る。

『兄上、私も反対です！』

レザックまでもが反対してきたが、セインは言葉を続けた。

「リシェルは……クライヴが死んでも守ってくれるだろうと信じている」

『兄上……』

「だが、アルヴィスは私が守らなければ、命を落とすかもしれない」

レザックが驚いたように目を見開く。セインがそんなことを口にするとは思ってもいなかったと言わんばかりの表情だった。

リシェルにはセインがいなくとも、彼を守ってくれる伴侶《はんりょ》、クライヴがいる。レザックも他の魔法騎士たちもリシェルを救うために尽力するに違いなかった。

――だが、アルヴィスには、現状においてセインしか手を貸す者がいない。

「くそっ……」

なんだって、こんな選択を――。

リシェルを天秤《てんびん》にかけるような真似をして、そしてリシェルではないほうに天秤が傾くような日が来るとは思ってもいなかった。

「レザック、カミール王国の平和を揺るがす者は、たとえシャンドリアンであっても、必ず捕らえろ」

『わかりました』

レザックはセインの願いを聞き入れてくれる。本当に優しい弟だった。内心はセインが危険なことをするのに反対しているのかもしれないが、兄の我《わ》が儘《まま》を自分ができる範囲で補佐しようと努力してくれているのだ。

ありがとう、レザック……。

「では後は頼む。時間がない。ダリル、行くぞ」

セインはレザックとの通信を切った。

＊＊＊

アルヴィスはリュゼと二人でカレウスの研究塔へと急ぎ馬を走らせていた。

夜空は雲で月が隠れ、今にも雨が降りそうな気配だ。アルヴィスは空を見上げ、更に馬のスピードを上げた。

王都の外れにあるカレウスの研究塔は、王宮から馬で二十分くらいの場所にある。だが、この速さで走れば十五分もせずに着くはずだ。

「雨が降る前にカレウスのところに着きたいな」

アルヴィスは後ろを走るリュゼに声を掛けた。

「そうですね。急ぎましょう」

リュゼの声にアルヴィスが前を向いた時だった。薄暗い街角から数騎の影が現れ、道を塞《ふさ》ぐのが目に入る。その手には剣が握られ、アルヴィスたちを待ち構えていた。

「っ……目立たぬようにするために『閃光の騎士団』を置いてきたが、どうやら裏目に出たようだな。リュゼ、二手に分かれるぞ！　ここは強引に突破する！」

アルヴィスは腰から剣を抜き、戦闘に備えながら疾走《しっそう》する。すぐに敵兵が喊声《かんせい》を上げて二人を襲撃してきた。

「くっ！」

剣と剣がぶつかり合う鋭い音が、今にも雨が降りそうな夜空に響く。スピードと力が勝負の鍵《かぎ》となる騎馬戦となった。どちらかが押し負けて馬から落ちたら最後だ。そのまま串刺《くしざ》しにされるのが目に見えていた。

アルヴィスは攻撃魔法を使って反撃しようとしたが、リュゼを巻き込む可能性が高かったため、なかなか使うことができない。アルヴィスの直属の部下だったら慣れているので、察して攻撃を避けてくれる。しかし、部下と同じような動きをリュゼに求めてはいけない。

アルヴィスは敵兵に聞こえることを承知で、リュゼに向かって叫んだ。

「リュゼ、私に近寄れ！　衝撃波を放つ！」

敵兵と剣を交えていたリュゼは、その敵兵を討《う》ち払《はら》うとアルヴィスのところへ馬に乗ったまま駆け寄ってきた。

リュゼが魔法に巻き込まれない範囲に来たことを確認して、アルヴィスは攻撃魔法を放った。

グゥワァン！

アルヴィスを中心にして波紋《はもん》が広がるように光が放たれ、衝撃波が敵兵を吹っ飛ばす。馬は何が起きたのか訳もわからず、地面に叩きつけられた主人を置き去りにして逃げて行った。

「リュゼ、大丈夫か……っ！」

不意に鋭い剣先がアルヴィスを襲う。すんでのところで剣を躱《かわ》すが、代わりに手綱《たづな》が斬《き》られてアルヴィスは落馬しそうになった。改めて襲ってきた敵を見て、アルヴィスは表情を歪《ゆが》める。

「……リュゼ」

そこには無表情で剣を手にしたリュゼがいた。彼の青い瞳が冷たく光る。

敵だ――。

一瞬で理解した。親友であったはずのリュゼはアルヴィスの敵だったのだ。

「リュゼ！　くそっ、この事件には、やはり聖教会が絡んでいるということか？」

アルヴィスの問いに返答もなくただ無言で、リュゼの持つ剣が青みを帯びた焔《ほのお》を噴き出す。

聖堂騎士の中でも王都の大聖堂に籍を置く彼は、優秀な魔法騎士でもあった。彼との一騎打ちとなると、かなり苦戦するだろうことは簡単に想像できた。手綱の切れた馬では太刀《たち》打ちできない。アルヴィスは早々に馬から下りて、接近戦に持ち込むことにした。

先ほど地面に叩きつけた敵兵が意識を取り戻し、蠢《うごめ》いているのを視界の端に捕らえる。全員を相手にするならば、短時間で勝負をつけなければ勝算はないに等しかった。だが諦《あきら》めると言う選択肢《し》はない。

アルヴィスは静かに剣を構えた。

＊＊＊

マスタニア王国の建国祭は一週間ほど続く。初日の夜に国王主催の舞踏会が開かれるが、その後も王宮では毎晩舞踏会が催される。王国中の都市や村でも祭りが開催され、王国中がお祝いムードに包まれる一週間だった。

王宮では華《はな》やかな衣装に身を包む貴族たちが談笑し、そして生演奏に乗ってダンスを踊っている。誰もがこの裏で事件が起きているなどと、思ってもいないだろう。

何事も秘密裏に進んでいるため、この事件のことを知っている人間は、果たしてどれくらいいるのかセインは不安になってきた。

知る人が少ないほどアルヴィスにとって不利になるような気がするからだ。

敵は、セインたちが動くよりも先に動き、アルヴィスに濡れ衣を着せようとしている。敵と組んでいる仲間は多いのか、アルヴィスを簡単に殺人の容疑者に仕立て上げ、軟禁状態にまで追い詰めた。今までのことを纏《まと》めると、敵は軍部、聖教会、魔法省のそれぞれに影響力を持つ人物、または組織である可能性が高いと推測ができる。そして彼らは建国祭が終わるまでに、アルヴィスを消し去ろうとしているような気がした。

最初の襲撃では王宮への反乱と、諸外国にマスタニア王国に対して悪いイメージを与えることが目的だろうと思っていた。

本当は最初からアルヴィスを狙《ねら》っての犯行だったとしたら——？

簡単に出所がわかる外套《がいとう》を使用していた敵を、謀略《ぼうりゃく》に慣れていない素人《しろうと》だと思っていたが、それさえも計算されていたことなら——？

大体、自分たちの罪を被《かぶ》せる予定だった『聖なる光の民』と王国が現在休戦中だということを知らないはずがない。

一度組み立てかけていたピースがバラバラと頭の中で崩れていった。

「殿下、雨が強くなってきました。足元にお気をつけください」

前を馬で走るダリルから声を掛けられる。出てきた時は小雨《こさめ》だったのに、馬を走らせるうちに雨足が強くなった。冷たい雨がセインの頬に当たり痛みを覚えるが、それでも馬を走らせる。

王都の中央広場は建国祭で賑《にぎ》わっているものの、郊外に向かうにしたがって、皆、建国祭の祭りに出掛けているのか、家々の灯《あか》りが消えた薄暗い街並みが続くようになる。

手綱を持つ手が、雨の冷たさで震えてくる頃だった。雨音に紛《まぎ》れて前方から剣戟《けんげき》が響いてくる。目を遣《や》ると、魔法で照らしているのか、明るくなった場所でアルヴィスが複数の敵兵と剣を交えている姿が見えた。

「アルヴィスッ！」

やはり敵はアルヴィスを狙っていたのだ。カレウスの研究塔に到着する前にアルヴィスを襲撃していた。

「殿下、僕が援護します。アルヴィス殿下のところへ行ってあげてください。お二方の攻防の魔法が揃《そろ》えば、こんな敵、すぐにやっつけられます！」

ダリルの声に、セインはすぐに馬を下りて走る。セインに続いて護衛騎士たちも馬を下りて戦闘態勢に入った。そのままアルヴィスに加勢する。

セインは敵と剣を交えながら、やっとの思いでアルヴィスまであと一歩というところまで近づく。するとどこからかリュゼが現れて、セインへと近寄ってきた。

「リュゼっ、大丈夫……え」

リュゼの剣がセインを狙って振り下ろされた。あまりに突然の攻撃に、セインは避けきれず左腕を負傷する。

「あうっ！」

幸いにも掠《かす》っただけだったが、左腕に鋭い痛みが走った。

「な……リュゼ、どうしたんだ……？」

リュゼの美しく整った顔が、冷たい雨に晒《さら》される。金の髪が雨で濡れているせいか、いつも以上に生気がなかった。アカデミー時代とはやはり雰囲気が違うと、セインは改めて確信する。この国に来て、久々に会ったリュゼはどこかよそよそしいというか、以前の親しみのようなものが消えている気がした。だがそれは気のせいではなく、事実だったのだ。

リュゼが魔法のオーラを纏い、戦闘態勢に入る。

「リュゼ！　目を覚ませ！　わからないのか？　私だ、セインだ！」

セインが懸命に声を掛けても、リュゼの剣は止まることなく襲ってくる。

リュゼに襲われるような理由はまったく思い浮かばなかった。大体、リュゼに会ったのも久しぶりだったのだ。恨《うら》まれるはずがない。

アルヴィス——！

セインがリュゼの剣を躱《かわ》しながら、周囲に目を遣った。するとアルヴィスがもの凄《すご》い勢いでこちらに駆け寄ってくるのが見える。

「アルヴィス！　リュゼの様子がおかしい！」

「リュゼは敵だっ！　離れろ、セインっ！」

「なっ！」

アルヴィスの言葉が信じられなかった。アカデミー時代の友人だったリュゼの様々な表情が走馬灯のようにセインの脳裏を巡《めぐ》る。

リュゼが敵だなんて、莫迦な——。

もしかして聖教会側の人間としての使命があって、私たちを襲ってきているのか？

リュゼの激しい攻撃を防御魔法で躱すのが精一杯だった。敵だと言われても俄《にわ》かには信じがたく、反撃できない。

そんな中、彼の剣を払い除けた拍子に濡れた石畳で足を滑《すべ》らせ、体勢が崩れてしまった。

まずい——っ！

「セインっ！」

リュゼの肩越しに、アルヴィスが強大な攻撃魔法を纏って剣を振りかざすのが見えた。リュゼを本気で斬るつもりなのだ。

「アルヴィス、駄目だ――っ！」

セインが叫ぶのと同時に、間近でセインを殺そうとしていたリュゼが小さく笑った。そのまま彼は身をくるりと翻《ひるがえ》して、剣を振りかざしていたために空《あ》いていたアルヴィスの胸元へと剣で一突きする。

否《いな》。一突きしようとしたところを、アルヴィスが寸前のところで身を躱したため、その剣先はアルヴィスの脇腹を掠めていった。魔法と魔法のぶつかり合いで、火花のようなものが夜空へと散る。

「くっ……」

アルヴィスが脇腹を押さえた。

「アルヴィスっ！」

セインは己の防御魔法をアルヴィスとリュゼの間に構築した。だがリュゼの魔法がセインの魔法を跳ね返す。

「な……」

リュゼの魔法が以前よりもかなり力を増していた。いや、違う。セインの魔法の威力が落ちているのだ。

どういうことだ――？

セインは己の手のひらを見た。もしかしたらアルヴィスの魔法の威力も落ちているかもしれないことに思い至る。

顔を上げれば、脇腹から血を流しているアルヴィスを、リュゼが淡々と見つめているのが見えた。

「セイン殿下を狙えば、あなたの隙が増える。私の勘はどうやら当たったようですね。最初から私の狙いはあなたですよ、アルヴィス殿下。死んでください！」

リュゼが魔法を込めた剣をアルヴィス目掛けて振り下ろす。

「駄目だ！　リュゼっ！」

セインが懸命に叫び、リュゼを止めようとした時だった。

「土に――還《かえ》れっ！」

大きな声が雨空に轟《とどろ》いた瞬間、リュゼの躰が光の粒《つぶ》に包まれる。

「あぁぁぁっ……」

光の焔《ほのお》に焼かれ、リュゼが苦しみ始める。

「リュゼっ！」

アルヴィスが苦しむリュゼに手を差し出そうとすると、急にそれまで苦しんでいたリュゼの顔に安堵《あんど》の笑みが浮かぶ。

「あ……り……が……と……う……」

「リュ、ゼ？」

理解できず名前を口にした途端、突然リュゼの姿が骸骨《がいこつ》に変貌《へんぼう》し、ドドドッという大きな音と共に地面に崩れ落ちた。

「なっ……どういうことだ！」

地面には古びた人骨が積み重なっているだけでリュゼの姿は跡形もない。

今までリュゼと対峙《たいじ》していたアルヴィスでさえ、目の前の出来事が信じられないようで、呆然《ぼうぜん》と立ち尽くしていた。セインも同様で、何か悪夢でも見ているような気分になっていると、後ろから抱き寄せられ、軽く躰を揺すられる。

「兄上、大丈夫ですか？」

セインを後ろから抱き締めたのは、弟のレザックだった。

「レ……レザック？　お前の魔法だったのか？」

「はぁ……よかった。どうにか間に合いました」

彼は安堵からかどっと力が抜けたようで、セインに覆《おお》い被《かぶ》さってきた。レザックのほうが体格は立派なので、セインが後ろから彼に包み込まれるような形になってしまう。

「レザック、どういうことだ？　いや、ちょっと待て。リシェルは？　あっちはどうなったんだ？」

「リシェルはクライヴ殿が見つけて、今、魔法騎士たちと転移魔法で敵の根城に飛んで、リシェル奪還《だっかん》に成功したところです。もうすぐ城に戻ってくるかと」

まだリシェルの誘拐事件のほうがしっかり解決していないことに驚き、慌ててレザックに振り返った。

「なっ……お前は途中で抜けてきたのか？　リシェルの顔を見るまで心配じゃないのか？」

「心配ですよ。ですが、リシェルにはクライヴ殿がいます。それに兄上が危険な目に遭《あ》っているのに、助けないなんて選択はありません」

レザックと繋がっているこの指輪は、通信の他に、辺りの様子が見えるようになっているので、レザックはセインの危機をすぐに察知して転移してきたのだろう。

「クライヴ殿は若手のホープ、期待の魔法騎士ですよ。心配いりません」

「レザック……」

セインは躰を反転させ、正面からレザックに抱きついた。いつも守らなければならないと思っていた弟に守られることに、弟の成長を感じ、親のような気分になってしまう。だが一人、そんなセインの気分を快《こころよ》く思っていない男がいた。

「レザック殿下、セインが苦しそうだ。放してくれないか？」

兄弟の会話の中に割り込んだのはアルヴィスだ。剣をビュッと縦に振り、剣についた血を振り払って鞘《さや》に納めながら、怖い顔をして近寄ってきた。

「ところで今のリュゼは一体、どうなっている？」

「あれは傀儡《かいらい》です。本物のリュゼ殿は既に亡くなられています」

レザックの説明にセインは反射的に顔を上げた。

「亡くなっている？　いつ？」

「いつかはわかりませんが、これを作った魔道具師によって殺されています」

「魔道具師？」

レザックはセインの声に頷き、セインから離れると、リュゼの変わり果てた姿、骨の山に手を突っ込んだ。

「レザック！」

得体の知れないものに触れる彼を止めようとセインが彼の腕を取ると、彼の指先に美しい文様の入った小さな正八面体が摘まれていた。

「これが魔道具です」

「な……どうして骨の中に魔道具が……」

「傀儡にするためです。人の命を使って発動させる禁忌《きんき》の魔道具の一つです」

アルヴィスが息を詰まらせた。

「っ……リュゼは死ぬ前に『ありがとう』と言った。それは……」

「ええ、あの瞬間、傀儡の術から解放されたからでしょう」

レザックの説明に、アルヴィスのきつく握られた拳が震える。

「誰が……こんなことを……」

「わかりません。ですが、魔道具師は捕まらないでしょう」

「どうしてだ?」

「人の命を犠牲にする魔道具を作るのには、魔道具師の命を賭《か》けるからです。この魔道具を使った傀儡が殺された時、魔道具師は息絶えます」

＊＊＊

「きゃぁぁぁ!」

侍女の悲鳴が部屋に響き渡った。ドサッと人が倒れる音と共に、床に大量の血が飛び散る。辺り一面、血の海となった。

「一体、何があったんだ!」

「急に倒れたのよ!」

倒れた男は即死だった。

◆　Ⅶ　◆

嫌な予感がした。

セインとアルヴィスは敵兵を撃退した後、レザックの治癒《ちゆ》魔法で怪我を治してもらい、護衛騎士を引き連れてカレウスの研究塔へと馬を走らせた。魔道具といえば、どうしても魔道具作りに熱心なカレウスの顔が思い浮かんでしまう。

そんなはずがない――。

兄であるアルヴィスを慕《した》うカレウスがアルヴィスを殺そうとするはずがないし、万が一、そうだとしても、リュゼを殺した魔道具師本人であれば、今頃命を落としているはずだ。

何も関係がないように――。

そう願わずにはいられない。そしてリュゼの死も、死体ではなく人骨を目にしただけなので実感がなく、まだ受け入れることができなかった。

ダリルはリュゼの死の顚末《てんまつ》を聞いた後、人骨の前で泣き崩れ、雨に濡れるのも厭《いと》わず、その場から離れなかった。結局彼にリュゼの骨の回収を頼んで、セインはアルヴィスと護衛騎士を連れて研究塔に向かった。

「リュゼは……どうしてあんなことに……。確かにここに来た時に、リュゼには違和感があったが、まさか死んでいたなんて――」

隣を走るアルヴィスに声を掛けると、彼の顔が少しだけ歪《ゆが》んだ。

「プライベートのことだから、お前に言うのは止《や》めていたんだが、リュゼは一年前、恋人を亡くしたんだ」

「恋人？」

リュゼに恋人がいたなんて初耳だった。

「恋人は平民で貴族じゃなかった。アルファで魔法力もあった男だったが、その身分ゆえに辺境に配置された。そして魔法力が強かったせいもあって、魔物討伐隊《とうばつたい》の魔法騎士に抜擢《ばってき》された。魔物討伐隊の騎士は、辺境地ではかなりのエリートだ。彼も有名な魔法騎士だったが、一年前、村の子供を庇《かば》って命を落とした」

「え……」

リュゼに身分違いの恋人がいたことにも驚いたが、その恋人が待遇《たいぐう》に恵まれず、その果てに亡くなっていたことに胸が疼《うず》いた。

アルファで魔法力が強い。だが貴族ではなかった。『聖なる光の民』と同じ、身分やバース等の違いによる悲劇だ。

「それからリュゼは元気がなくなり、私とも微妙に壁を作り、無表情になった。恋人が亡くなったせいだとばかり思っていたが、こんな卑劣《ひれつ》な魔道具の犠牲《ぎせい》になっていたとは――犯人を許さない。絶対に許さない」

アルヴィスの怒気を孕《はら》んだ声が、セインの鼓膜《こまく》を震わせると同時に、セインの胸にも怒りが込み上げてきた。

「私も絶対に許さない。どんな形であれ、リュゼの仇《かたき》はしっかりとろう」

「ああ」

「しかし、いつ、どうやってリュゼは魔道具に取り込まれたのか。リュゼほどの剣の腕前があれば、相手も無傷ではないはずだ」

「たぶん何かの罠《わな》に嵌《は》められたのだと思いますよ、兄上」

セインの疑問にレザックが答える。

「罠……」

もしそうであればあまりに酷《ひど》すぎる。罠に嵌ったからといって、リュゼは泥《どろ》となり果てていいような人物ではなかった。気高《けだか》い聖堂騎士だったはずだ。

「許さない――」

セインの手綱《たづな》を掴む手に力が入った。

しばらく走るとカレウスの魔道具研究のために建てられた塔が現れた。マスタニア王族であるカレウスの私邸でもあるので、近衛兵《このえへい》も多く配されている。

だからこそ現在、カルディナル司祭殺害容疑で王宮に軟禁《なんきん》されているはずのアルヴィスをすんなり通してくれるか気がかりだったが、カレウスからアルヴィスを呼んだこともあって、塔に到着すると見て見ぬ振りをしているのか、スムーズに塔の敷地内へと案内された。

セインとレザックはアルヴィスに連れられて敷地に入った。セインは護衛騎士を外で待機させ、そしてレザックには正体を知られないために仮面で顔を隠すように指示をした。大陸屈指の魔法師と呼ばれているレザックがここにいることが知られたら、まだ正体のわからない敵に警戒されるからだ。

アルヴィスがエントランスホールに足を踏み入れた途端、カレウスが慌てて階段を下りてくる。

「兄上、雨の中、わざわざご足労いただき、申し訳ありません」

カレウスが出てきたことに、セインはホッとした。もし彼がリュゼを傀儡《かいらい》にした魔道具師なら、命が尽きていたはずだ。だが彼は以前見た通りの笑顔で出迎えてくれた。

セインが安堵《あんど》している隣ではアルヴィスが淡々と口を開く。

「誰かに聞かれて、敵に我々の行動が筒抜けになると困る。カレウス、人払いを」

「わかりました。兄上の言う通りですね。最低限の人間だけで話をしましょう」

カレウスは周囲に目を配ると、使用人たちが音もなくエントランスから姿を消した。

「これでよろしいですか？」

「ああ、ではカレウス、例の音についてわかったことを説明してくれ」

例の音というのは、カルディナル司祭が殺された時に聞いていた鈴のような音のことだ。

「あれは魔物除《よ》けの特殊な鈴の音でした。聖教会の司祭以上の聖職者が持つものなので、たぶんカルディナル司祭がお持ちになっていた鈴が鳴っただけかと思われます」

カレウスの言葉にセインが納得し掛けた時、アルヴィスが口を開いた。

「魔物除け……。だが私たちがカルディナル司祭を死体安置所から運んだ時には、そんな鈴は持っていなかったが？」

何かをアルヴィスが感じ取っているような話し方だ。セインは注意深く二人の会話に聞き入った。

「では安置所に運び込まれる前に落とされたのでしょう」

「他の司祭以上の聖職者が、カルディナル司祭を殺したということも考えられる」

その言葉にセインはドキッとした。何故か犯人像に彼――リュゼを思い浮かべてしまう。聖堂騎士なら司祭でなくとも、魔物除けの鈴を持っていそうな気がしたからだ。

「仲間割れでもしたということですか？」

カレウスが訝《いぶか》しげに尋ねてくる。

「どうだろうな。ただ、聖教会側が王宮に『カルディナル司祭は行方不明』だと虚偽《きょぎ》の報告をした。今から考えれば、自分たちがカルディナル司祭に最後に接触したことを隠すためではないかという気がしてきた」

「そんな……」

「そして、カレウス。お前の話を聞いて益々《ますます》その仮定が真実に近いことがわかった」

「え？　僕が何を……」

「お前が『カルディナル司祭が持っていた鈴だ』と言ったところだ。私はお前に一度もあの音が司祭の死んだ時に聞いていた音とは言っていないはずだ」

「っ……」

　ここで初めてカレウスが動揺したのを、セインは感じた。

「私はお前をこの殺人事件に巻き込みたくなかったから、最初から事件のことは何も知らせずに、この魔道具の音を調べてほしいと言っただけだ」

「そ、それは……兄上に今、カルディナル司祭の殺人容疑が掛かっているので、それに関することだと、勝手に思っただけで……」

　カレウスの言い分に、セインはきつく目を閉じた。先ほどから感じていた嫌な予感が少しずつ現実になっていくようだ。

「カレウス、お前に一つ聞きたい。聖教会といつから繋《つな》がっている？」

「何を急に……」

アルヴィスの質問にはカレウスだけでなく、セインも驚いた。そんな直接的な聞き方をするとは思っていなかったのだ。これではまるでカレウスを犯人だと断定しているような言い方だ。

セインは前に立つアルヴィスに目を遣《や》ったが、彼は正面を向いているので、セインからは彼の表情は見えなかった。

「お前のところに以前から聖教会の使者が頻繁《ひんぱん》に来ていることには気付いていた」

「……王族の一人として寄付をしているからですよ。兄上のところにも来ていますよね」

「余程でないと直接は来ない。それに寄付の礼はその場で終わりだ。お前にだけ違う対応をしているということなのか？」

「いえ……そういうことでは……」

カレウスが口籠《くちご》る。アルヴィスはカレウスの言葉を待たずに話を続けた。

「鈴に関してはもう一つ聞きたいことがある。どうしてお前が鈴の音色を知っている？　聖教会の司祭以上が持っている鈴などいつ聞く機会があった？　彼らも魔物が現れなければ鳴らさないはずだ。その音を知っているとなると、彼らと魔物狩りにでも行ったのか？」

「ま、魔道具の研究で聞かせてもらっただけです」

「カレウス、嘘を重ねるな。司祭の魔物除けの鈴は魔物がいる時にしか鳴らしてはいけないことになっている。だから私さえも聞いたことがなかったのだ。そんな鈴の音をどうしてお前が聞けた？」

「そ……それは」

カレウスはアルヴィスの問いに何一つ答えることができないようだった。セインは、この一連の事件の首謀者が誰なのか、気付かずにはいられない。

きっとそれはアルヴィスが一番認めたくない答えのはずだ。

アルヴィス……。

セインは後ろから彼をしっかり見つめた。気持ちだけでも彼を支えたいと思う。

「さらにもう一つ。私とセインに渡したペアのピアスの魔道具。あれは私たちの魔法力を増幅《ぞうふく》するものではないだろう？　逆に魔法力を吸収し、威力をわざと落とすようにできている。そうじゃないか？」

アルヴィスの話にセインは驚くしかなかった。確かにこの国に来てから、魔法の威力が落ちたと思っていたが、プレゼントされたピアスのせいだとは思っていなかった。

今は身につけてはいないが、未《いま》だに持ち歩いている赤いルビーの嵌《はま》ったピアスを衣服の上からそっと手で触れる。

「カレウス、私たちを殺すつもりだったか？」

アルヴィスの問いにカレウスの顔が醜《みにく》く歪んだ。

「くっ……だったら、どうだと言うのです。結果、死ななかったのですからいいではありませんか。大体、僕には魔道具を作れても、魔法が使えません。最初から魔法が使える兄上たちが少しくらい使えなくなったって、僕ほど酷くはないでしょう？　ちょっとした悪戯《いたずら》ですよ」

悪びれることなくカレウスはそんなことを口にした。セインはとうとう我慢できず、二人の間に口を挟《はさ》む。

「カレウス殿下、アルヴィスはいつも危険な任務に当たっている。そんな彼に力を減らすような魔道具を冗談でも与えないでください。本当にアルヴィスが亡くなったりしたら、絶対に後悔しますよ！」

「後悔？　僕が兄上との能力の差を埋めようと、どんな思いで魔道具の研究に心血を注いできたか、ご存じですか？　僕が苦労しても絶対に魔法力は手に入れられないのに、涼しい顔をして何でもこなす兄上を見て、どれほど僕の心が壊れていくか、少しでも考えたことがありますか？」

「カレウス殿下、それはまるで子供のような甘えではないか？　アルヴィスはいつも努力して精進《しょうじん》している。涼しい顔をして何でもこなす？　君は本当のアルヴィスを少しも見ていないんだな。自分の努力が足りないことを他人のせいにするな！」

「なにっ！」

カレウスがそれこそ子供のように顔を赤くして怒りを露《あら》わにした。セインも受けて立とうと一歩、前にでるが、アルヴィスに止められる。

「いい、セイン。そこまでにしてくれ」

「アルヴィス」

彼の顔をちらりと見ると、思ったよりも落ち着いた表情をしていて、セインはホッとしたが、それも束《つか》の間、すぐにカレウスの怒りの矛先《ほこさき》がアルヴィスに向かった。

「兄上、そうやってまた物わかりのいい兄を演じるんですか？　まったく反吐《へど》が出る」

「カレウス……」

「ハッ、もう茶番劇にはうんざりだ。本音を言いましょう。僕はあなたを排除して絶対に王太子に、国王になる。父上は僕がオメガだからとさっさと王太子候補から外しましたけどね。そんな父上ごと、あなたも弟も排除してやる！」

「な……」

カレウスが王太子の座を狙《ねら》っているなどとは思ってもいなかった。アルヴィスもセインと同様だろう。カレウスは魔道具をこよなく愛し、研究に没頭《ぼっとう》する第二王子のはずだった。それがまさか魔道具を研究していたのは、魔道具への愛ゆえではなく、魔法が使えなくともそれ相当の力を有し、王座を虎視眈々《こしたんたん》と狙っていたからだというのか。

「オメガ、オメガ、オメガっ！　オメガだから国王になれないというのか！　先王であるおじい様はオメガの僕に対して王家の恥《はじ》だとまで言いました。なら僕は絶対にオメガでも国王になってやる！　だから兄上、あなたが邪魔で仕方がない。さっさと死んでくれませんか」

激しい罵倒《ばとう》に、セインは眉《まゆ》を顰《ひそ》めた。だが激高するカレウスとは対照的に、アルヴィスは怖いほどに冷静だ。隣にいるセインさえもその様子に言葉を失った。そんな中、アルヴィスは相変わらず淡々と話を続ける。

「人払いをさせたのはお前のためを思ってのことだ。自首してほしい。今なら私は罪を犯したお前から相談を受けたということにできる。お前が心から反省すれば、父上は厳罰《げんばつ》を避けられるだろう」

「はっ……だから僕は兄上が嫌いなんだ。何でも物わかりのいい顔をして、人を莫迦《ばか》にするのもいい加減にしてください。僕はあなたの施《ほどこ》しで生きていこうなんて、これっぽっちも思っていませんよ。むしろ、兄上の屍《しかばね》を踏みつけて前へ進む。自首？　どうして僕が自首しないといけないんですか？　もうすぐ兄上も僕に殺される運命だというのに。ははっ、僕は兄上のために嘘っぽい涙でも流して次期国王、王太子になります。自首なんてするものか！」

彼の狂気が彼の怒りや憎しみを凌駕《りょうが》し、焔《ほのお》が揺らめくかのように、どす黒いオーラが彼の躰《からだ》から立ち上がった。

「カレウス！」

「衛兵！　ここにいる反逆者どもを始末しろ！」

カレウスが声を上げると、部屋の四方から近衛騎士が大勢押し入ってくる。

「アルヴィス殿下、カルディナル司祭殺人、及びカレウス殿下殺人未遂《みすい》の容疑だけでなく、国家を揺るがす反逆！　見逃せませんぞ！　慈悲《じひ》なき愚行《ぐこう》、ここでお命いただきますっ！」

アルヴィス、セイン、そしてレザックもすぐさま囲まれた。どうやらカレウスと結託《けったく》しているようだ。

「カレウス、我々を裁判にもかけずに殺すだと？　セインは他国の王族、しかも王太子だぞ！　外交問題にまで発展するぞっ！」

「悪行の限りを尽くしたアルヴィス殿下を取り押さえる際、不幸にも巻き込まれるのです。セイン殿下に対しては充分な補償《ほしょう》をカミール王国にいたしましょう。場合によっては領地を譲《ゆず》らなければならないかもしれませんね。ですが、僕が国王になるためなら、少しくらいの領地を失うのは覚悟の上ですよ」

まるで芝居のあらすじでも話すような気軽さでカレウスが答えた。

「己の国の領土をどうでもいいように言うな！　そこには住んでいる臣民がいるんだ。お前の莫迦な嘘に臣民を巻き込むなっ！」

「こんな死の間際までお説教ですか？」

カレウスが忌々《いまいま》しそうに口許《くちもと》を歪める。

「裏でお前を手助けしているのは聖教会だけではないんだな」

「当たり前です。聖教会、魔法省、そして軍部の一部も僕を王太子として推挙《すいきょ》してくれるそうですよ。僕は自分を国王にしてくれる人物にはそれなりの褒賞《ほうしょう》を与えるつもりですからね」

やはり、それぞれがカレウスと繋がっていたようだ。

「金をばら撒《ま》いて人心を買うのか？　そんなもの、金がなくなったら切れるだけだ」

「僕が国王になれば、そんなこと、どうにでもなるんですよ。煩《うるさ》いなぁ、もう！」

カレウスはアルヴィスの忠言をまったく聞く気がないようで、とうとう背を向けてしまった。

そして騎士たちに声を掛ける。

「さっさと殺《や》れ」

「マスタニア王国のため、アルヴィス殿下、死んでもらうっ！」

騎士たちが一斉《いっせい》に剣を振り上げた時だった。セインたちを一瞬にして光のヴェールが包み込む。レザックが間一髪で魔法を使ったようだった。だがそのヴェールとカレウスの間に立ち塞《ふさ》がるように別の人物が現れる。大勢の魔法騎士と、そして——マスタニア王国の国王だった。

「ち、父上……」

突然の国王の出現に、カレウスが目を大きく開けて固まる。

「どうやってこちらへ……」

「転移魔法だ。お前には見せたことがなかったな。さてカレウス、お前にここ数日『王の目』がついていたことには気付いていなかったようだな」

「王の目……」

『王の目』とは諜報《ちょうほう》活動を主とする、王直属の隠密《おんみつ》部隊だ。

「お前のここのところの所業はすべて見ておった。お前が己《おのれ》の愚《おろ》かさに気付き、改心することを心から願っていたというのに……」

「父上っ……」

カレウスが振り絞《しぼ》るような声を上げる。だが国王はカレウスを一瞥《いちべつ》すると、背後に控《ひか》えていた護衛騎士に命令した。

「カレウスを北の塔に投獄《とうごく》しろ。カレウスと共に反逆に加わった騎士どもはまとめて騎士団の牢《ろう》へ。そして聖教会、魔法省の者には王宮まで説明に出向くよう伝えろ」

「畏《かしこ》まりました」

放心状態のカレウスの両脇を屈強な魔法騎士が固め、逃げられないように拘束《こうそく》する。まだ現状が把握《はあく》できていないのか、呆《ほう》けたようなカレウスが一点を見つめていた。

「連れて行け」

「お待ちください、父上。カレウスに一つ聞きたいことがございます」

アルヴィスの声に国王が頷いて承諾《しょうだく》する。アルヴィスはそれを確認すると、レザックに合図して自分だけ光のヴェールから出た。このヴェールはレザックの魔法で作られた防御壁なので、彼の了承がなければ外に出られないのだ。

アルヴィスはそのまま前へ一歩出て、虚《うつ》ろな様子で立っているカレウスに声を掛けた。

「カレウス、この建物の中に入った時からきつい血の匂いがするのは何だ？　お前はこの塔にずっといたから、鼻が慣れてしまっているようだが、外から入ってきた私たちからしたら、この血の匂いはきつすぎるぞ。まるですぐ近くに死体があるようだ」

アルヴィスの指摘に、セインもやっと気付いた。先ほどから鼻を突くこの血の匂いは、ここに来る時に戦った敵の返り血だとばかり思っていたからだ。

「ふふ……ははは……」

カレウスが不気味に笑う。正気を失っているようにも見えた。

「カレウス、いつもお前と一緒にいる侍従はどこにいる」

「どこにいるって？　わかって聞いているんでしょう？　兄上。そんなの魔道具を壊されたから、返り討ちに遭《あ》って血まみれで死んだに決まっているじゃないか。あの魔道具に兄上を殺すように命令しておいたのに、しくじったなんて……。どこで魔道具の構築を間違えたのかな。ははっ……。まったくいつも兄上は僕の邪魔をするね」

カレウスが挑発的に話してくるが、アルヴィスはあくまでも落ち着いた様子だ。

「どうしてあの魔道具を作ったお前が生きているんだ？」

「どうして？　じゃあ逆に聞くよ？　どうして僕が作った魔道具の傀儡《かいらい》が殺されたからって、その代償《だいしょう》に僕が死なないといけないの？　ははっ、もうとっくに命をすり替える技法を生み出しているよ。下賤《げせん》な血はどうでもいいが、高貴な血は永遠に守らなければならないからね」

セインはカレウスに怒りを覚えた。とても王家の人間の言葉とは思えないものだからだ。アルヴィスもまたセインと同様に怒りを覚えたようだった。

「……お前は自分の命ではなく、侍従の命を引き換えにして魔道具を作ったのか？　そいつは自分の命が賭《か》けられていることを知っていたのか？」

「侍従は主人の命を守るのが第一の仕事だ。彼も自分の命が賭けられていたとは知らなかっただろうけど、僕のために死ねて本望だろう……つっ！」

いきなりアルヴィスがカレウスの頬を張った。魔法騎士に支えられていたから床に転がることはなかったが、バランスを崩して騎士に寄りかかる。

「お前のような男は国王にはなれない。今、改めて確信した」

アルヴィスが唸《うな》るように言うと、カレウスはそれを鼻で笑った。

「ハッ、誇《ほこ》り高き兄上だって、親友を守れなかったじゃないか」

アルヴィスの躰《からだ》がぴくりと動くのをセインは見逃さなかった。

アルヴィス――――！

「レザック、私をヴェールの外に出せ」

「兄上、危険です」

「もう敵は制圧されている。大丈夫だ。出せ、レザック」

レザックに無理やり出してもらい、セインはすぐにアルヴィスの後ろについた。彼の背中に手を置く。彼の体温がセインの手のひらに伝わってきた。

「兄上が恋人を亡くした親友を放っておいたから、僕が声を掛けてあげたんだよ。リュゼでしたっけ。『死んだ恋人を生き返らせてやる』ってね。そうしたら彼は簡単に騙《だま》されてくれたよ。魔道具が発動する間際まで傀儡にされるなんて微塵《みじん》も思っていなかったのが滑稽《こっけい》だったかな。本当に恋をした人間は愚《おろ》かだよね」

「な……」

思わずセインは声を出してしまった。死んだ人間は魔法でも魔道具でも生き返らせることはできない。それはリュゼだって知っているはずだ。

なのに――。なのに、騙されてしまうほど、恋人を蘇《よみがえ》らせたかったのだ。

許せない――。

たぶんアルヴィスも同じように感じているはずだ。冷静には見えるが彼の背中が僅《わず》かに震えているのがわかる。だがそんなアルヴィスよりも先に口を開いたのは父である国王だった。

「ここまでお前が愚かだったとは思ってもいなかったぞ、息子よ。お前が魔法を使えないことをそんなに歪《いびつ》に捉《とら》え、人に危害を加える人間になってしまったとは……。私も責任を感じずにはいられない……なんということだ」

「はっ……父上にそんなことを言われたくないです。僕は父上の前では出来のいい王子でいたはずです！　優秀な僕をオメガだからと前王のように冷遇《れいぐう》したのは父上だ！　そんな父上が僕を愚かだとおっしゃるんですか？　ええ、父上の言う通り、愚かな息子になりましょう！」

カレウスはそう叫ぶと同時に床を強く蹴った。

「僕が国王になれないのなら、もうどうでもいい。皆を道連れに死んでやる！」

「何をした、カレウス！」

アルヴィスが叫ぶも床が大きく揺れ出した。カレウスは床が大きく揺れる様子を見て、まるで勝ち誇ったかのような笑みを浮かべる。

「この塔には魔道具が幾《いく》つも仕掛けてあるんですよ」

そこにいる全員が立っていられず、床に倒れ伏す。それはカレウスを拘束していた魔法騎士たちも例外ではなかった。一瞬カレウスの拘束が解ける。その時だった。カレウスの瞳に狂気の色が再び宿った。

「ですが、兄上、あなただけはこの手で殺してやる！　はは、僕の長年の夢がやっと叶《かな》う！」

懐から短剣を取り出すと、アルヴィス目掛けて振りかざしてきた。

「危ない、アルヴィスっ！」

セインの躰が咄嗟《とっさ》に動いた。自らアルヴィスの盾《たて》になり、凶刃《きょうじん》から彼を守るためにアルヴィスを抱《かか》え込《こ》む。

「セインっ！」

グオォォォン！

刹那《せつな》、空気が大きく振動した。鼓膜が破れるかと思うほど空気が揺さぶられるのと同時に、セインの視界に金色の髪がたなびく。

え――？

瞬間、空間に美しい文様の入った小さな正八面体が浮かんでいるのが目に入った。

「リュゼっ！」

無数の光を身に纏《まと》ったリュゼは、剣を今にも振り下ろさんばかりのカレウスの心臓に、目にも止まらぬ速さで剣を突き立てた。

キイイイイン！

耳を劈《つんざ》くような金属音がこだましたかと思うと、剣が輝きを放って消える。途端、カレウスの胸から大量の血が噴き出した。

「ゴホッ……グッ……どうしてきさまが、ここ……に……ゴホッ……ヒュッ……」

吐血《とけつ》したかと思うと、カレウスは頽《くずお》れ、仰向《あおむ》けに倒れる。その様子を目にしたリュゼは、光の粒《つぶ》となって舞い上がった。カレウスはその光の粒を睨《にら》みつける。

「ば……莫迦な……どうして……」

カレウスの胸からどくどくと血が流れ出る。その血だまりの上で、二、三度、カレウスが痙《けい》攣《れん》したかと思うと、カッと目を見開いたまま息を引き取った。

「っ……リュ、リュゼっ！」

セインが天井に向かって声を上げるがもう何も反応がなかった。

「リュゼ……」

「セイン、あれはリュゼの最後の魔法だ。自分を陥《おとし》いれたカレウスが近くに来たら殺せるように、最後の力を振り絞《しぼ》ってこの核に魔法を閉じ込めていたのだろう」

アルヴィスは、いつの間にか床に落ちていた正八面体の核を拾い上げる。その核には先ほどはなかった大きなひびが入っていた。

「兄上、早くここから脱出しましょう。塔が崩れてきます！」

レザックに声を掛けられ、はっとする。セインはアルヴィスを振り返ると、アルヴィスは父である国王を見つめていた。王は息絶えたカレウスをじっと見つめ、小さく呪文を唱《とな》える。するとカレウスの躰が浮き上がり、そのまま消えた。たぶん転移魔法でカレウスの死体を移動させたのだろう。いくら愚かな息子でも、この研究塔の下敷きにはさせたくなかったようだ。

「父上、先に王宮へお戻りください。私たちもすぐに参ります」

「わかった。アルヴィス、無事に皆を守って脱出せよ」

国王はそう告げると、転移魔法でその場から姿を消した。

「アルヴィス、早く」

セインが声を掛けると、アルヴィスは出口に向かって走り出す。だが同時に天井が崩れ落ちる轟音《ごうおん》が響き渡った。

「アルヴィス！」

セインは悲鳴に近い声を上げたが、崩れ落ちてきた天井はアルヴィスに命中することなく、宙に浮いている。レザックが魔法を使ったようだ。

「アルヴィス殿下、早く！」

「レザック殿下、助かった。ありがとう」

セインも安堵の溜息を吐いた。だがそれも束の間、天井だけでなく壁も次々と崩れ始めていた。レザックがいなければ、ここにいる全員が押しつぶされているところだ。

「早くこちらへ！」

レザックの誘導の下、全員が無事に塔から脱出できたのだった。

深夜にもかかわらず、マスタニア王国建国祭の王宮舞踏会に参加している貴族たちの間では、既に第二王子の研究塔が爆発して倒壊した話題で持ち切りだそうだ。

報告がてら見舞いに来てくれたダリルがそんなことをしゃべって部屋から出ていった。

あれから無事に王宮に辿り着き、アルヴィスはすぐに国王と会議に入っている。

セインは一人用意された部屋に帰り、手持ち無沙汰《ぶさた》にしていた。本当は今夜帰国する予定だったが、あまりにも遅くなってしまったので、明日の朝に帰ることにしたのだ。

帰国する支度も既に済ませており、仕方なく窓際のカウチに座って夜空を見上げた。先ほどまで小雨が降っていた空には、既に雨雲はなく、月が煌々《こうこう》と輝いている。

神経はまだ昂《たかぶ》っていて、なかなか眠くならないが、今から夜通しの舞踏会に顔を出す気にもならなかった。

レザックはこの王宮まではセインたちと一緒に行動していたが、リシェルが無事にクライヴと城に戻って来たという知らせを受け、転移魔法でカミール王国へと帰っていった。

リシェルが無事と聞き、セインも心からホッとする。そして何だかんだ言ってもクライヴにリシェルを任せたことが自分自身でも信じられなかった。

忌々《いまいま》しいことだが、気付かないうちにあの男を信頼していたのだ。

「まいったな……。可愛いリシェルの伴侶《はんりょ》があんな男だったなんて。もうギリギリのギリで及第点《だいてん》だ。ったく、カミール王国にもっとマシな男はいなかったのか？」

そう嘯《うそぶ》きながら、リシェルにはクライヴがいるからといって、アルヴィスを助けに行った自分に苦笑する。

本当に参った——。

未《いま》だにアルヴィスを失いたくないことを、そして愛していることを、この国に来てから何度も自覚させられる。

胸がぐっと詰まるのを無視して、セインは呟いた。

「慌ただしい建国祭だったな……」

建国祭はあと二日で終わるというのに、セインはあまり建国祭らしい行事に参加していない気がする。

「充実していたと思えばいいのか」

耳を澄ませば、夜通し開催されている舞踏会のざわめきが風に乗って聞こえてくる。

「――アルヴィスも、これでとうとう王太子になるんだろうな」

今回の騒ぎで、マスタニア王国の国王は王太子をしっかり定めるだろう。

アルヴィスが王太子になる――。

随分《ずいぶん》前から覚悟していたことだったが、やはり失恋したような気分になった。

王太子同士が結婚することはあり得ない。それはアルファ同士が結婚するよりも難しいことで、元々実らない恋だった。

この未来を予測して、セインは王立アカデミー卒業を機に、ずっとアルヴィスを諦《あきら》めようとしてきた。王太子妃をそろそろ決めようと思ったのもその一つだ。ただそう思っていても、実際は決めきれなかった。胸のどこかでアルヴィスを想い続けていたからだ。

だがそんなセインの彼を忘れようとした努力も、今回の騒動ですべて水の泡となってしまった。一緒に行動しているうちに、彼への恋情が再び湧き起こってしまったのがその理由だ。

莫迦だな――。

恋は人を愚かにすると言うけれど、それに間違いがなかったことを、セインは身をもって知る。今さら泣きそうになるなんて、莫迦の極みだ。

セインは流れそうになる涙を隠すため、顔を腕で隠した。すると部屋のドアをノックする音が聞こえた。驚いて涙が引っ込む。

「はい」

「私だ。アルヴィスだ」

アルヴィスの声に、セインは涙で顔が濡れていないことを指で確認しながらドアのほうへ顔を向けた。

「入っていいか」

「ああ、どうぞ。もう寝るところだった」

セインはカウチに腰かけたまま声を出した。

「遅くに悪いな。舞踏会のほうに顔を出したが、お前がいなかったから、こちらに来たんだが……本当に寝るところだったのか？」

アルヴィスが淡い月の光に照らされた部屋に入ってくる。すっきりとしたシルエットは、普段から躰を鍛《きた》えているからだろう。

「まあ荷物もあらかた片づけてしまったし、これといってやることもないからな」

「いいワインを持ってきた。舞踏会で父上が出した一級品だ。一本掠《かす》め取《と》ってきた」

笑いながらアルヴィスが手にしたワインボトル一本とグラス二つを掲《かか》げた。

「どうせ寝られないんだろう？　どうだ？」

寝られないのはアルヴィスのほうだろう。顔色が酷かった。可愛がっていたカレウスの裏切り、そして死は、アルヴィスにとってかなりの精神的苦痛を伴うものだったはずだ。セインはできるだけ普段通りに接した。

「いただくよ」

セインはカウチから立ち上がると、アルヴィスからグラスを受け取り、テーブルの上に置く。ついでにランタンに灯《あか》りをつけて、テーブル周辺を明るくした。

「ワインだけでなく、何か軽くつまめるものも持ってくればよかったな」

「ああ、それなら初日に部屋に置いてあったチョコレートがあるぞ」

セインは部屋の隅に片付けておいたチョコレートが入ったバスケットを手に取る。

「これでいいか？」

「ああ、上等だ」

「はいはい、アルヴィス、ワインの栓《せん》を開けて」

セインは席に着きながら、アルヴィスを急《せ》かした。誰もが知る有名な銘柄《めいがら》のワインだ。二人で楽しく酔《よ》って、彼の辛《つら》さが少しでも和らいでくれたらいい。

アルヴィスは器用にワインの栓を抜くと、グラスにワインを注いでくれる。しばらく二人でチョコレートをつまみにワインを飲んだ。

テーブルの上に置いたランタンが、アルヴィスの顔を照らす。少しやつれてはいるが、整った顔は相変わらずで、セインがずっと愛してやまない男の顔だった。

「セイン、カレウスのことについて、お前にも話を合わせて欲しい。先ほど父上と話して決めたことだが、カレウスの研究が失敗して研究塔が爆発し、この事故でカレウスが死亡したと発表することで、王家のスキャンダルをもみ消すことになった」

「もみ消すって……また露悪的《ろあくてき》な言い方をするんだな。本当はカレウスの名誉を考えてそういうことにしたんだろう？」

たぶんそれがアルヴィスを含む家族がカレウスにしてやれる最後のことなのだ。

「ああ、だが、王家からスキャンダルを出したくなかったのも確かだから、お前には正直に言いたかったんだ。聞こえのいいことだけ言って罪悪感を持ちたくない」

「別に罪悪感なんて持たなくてもいい。君や国王陛下が話し合って決めたことなら、それなりに考えがあると信じているからな。いいんじゃないか？　魔道具の研究が好きだった第二王子のままで臣民から弔《とむら》ってもらえばいい。あと……リュゼにも何かしてやってくれ」

リュゼのことを思うと、アルヴィスには悪いが、カレウスを完全に許すことはできなかった。

「そうだな……。爆発の寸前にカレウスを庇《かば》って殉職《じゅんしょく》したことにして、位を二階級特進にするよう父に進言するよ。そうすることで部隊長になり、大聖堂の石碑《せきひ》に名前が刻まれる階級になる。あと遺族にかなりの額の報奨金《ほうしょうきん》が出るはずだ。本当はそんなことではリュゼには償えないが、それくらいしかできない……」

「ああ、ありがとう。リュゼには君の気持ちは伝わるはずだ」

「セイン――――」

胸を締め付けるような切ない声で名前を呼ばれ、セインは胸の奥がジンと震えるのを自覚した。好きという想いが溢《あふ》れ出《だ》しそうになるのを、目を閉じて耐える。

どんなに障害があっても、彼を好きなのを止められない。一方、こんなにも自分の気持ちをコントロールできないのが悔しかった。

「お前は明日、本当に帰国するのか？」

「ああ」

素《そ》っ気《け》なく答えてワインを呷《あお》るが、アルヴィスは真剣な面持《おもも》ちで、そんなセインを見つめて立ち上がる。そしてゆっくりとセインの隣までやってきた。

「……お前としっかりこれからのことを話し合う時間がなかった。私はお前とこれからも一緒にいたい。別れたなんて言わないでくれ。強がって見せているが、本当は言われるたびに私の心が死にそうになるんだ。私はお前を愛している――」

その言葉にセインの躰がピクリと跳ねた。自分ばかりが尻込みしているのだと思うと、この男の本当の考えが知りたくなる。良識ある人間なら誰しもが、王太子になる男がこんな遊びのような恋を続けることを無意味だと感じるはずだ。なのに――。

「……どうして君は平気なんだ？　君の肩にも国や臣民の未来が乗っているんだぞ。それを無視して、どうして私なんかに愛を告げるんだ。無責任すぎるぞ、アルヴィス」

「自分が幸せじゃないのに、他人を幸せにできるか？」

「え……？」

アルヴィスの手がテーブルの上に置いていたセインの手に重なる。

「この国のせいでお前と結婚できないというのなら、私を不幸に陥《おとし》いれる原因、この国を本当に愛することができるか？　私はそんな偽善者《ぎぜんしゃ》じゃない」

「アルヴィス……」

「セイン、何故一人だけで、私と別れたことにしてしまうんだ？　最初からどうして私と共に歩むことを選択肢に入れずに諦める？」

セインは首を横に振って、その場から去ろうと立ち上がった。

「アルヴィス……私には無理だ。私はカミール王国の王太子だ。自分勝手に生きることはできない……あっ！」

突然アルヴィスに背中がしなるほどきつく抱き締められる。

「私のことを愛してくれ、セイン――」

何かに縋《すが》るように、そして祈るかのようにアルヴィスが呟いた。

抱き締める腕が震えているのをセインは感じ取る。愛している男が真摯《しんし》に愛を捧《ささ》げてくれることが、こんなにも胸を締め付けるものだとは思ってもいなかった。嬉しさとそして切なさが綯《な》い交《ま》ぜになってセインに押し寄せる。本当は、セインの頬に掛かる彼の黒い髪さえも愛《いと》しくて堪《たま》らなかった。

「……駄目だ」

「セイン、私にはお前しかいない。お前としか愛を育《はぐく》むことはできない。子供の頃、園遊会で初めて会った時から私の目にはお前しか映《うつ》っていないんだ。お前が王太子でも、アルファでも、お前が運命のつがいだとずっとわかっていた」

運命のつがい――。

アルファに対して、一生に一度出会えるかどうかわからない運命のオメガ。

だがセインはオメガではない。だから運命のつがいのはずはなかった。

運命のつがいなんかじゃない――。

その事実に打ちのめされ、気持ちが昂って急に涙が溢れてきた。愛しているのに、どうにもならない自分の運命に、らしくもなく悲観する。

「どうして君はアルファなんだ。しかも王太子候補筆頭じゃないか……」

とうとうアルヴィスの背中に手を回し、自分からしがみ付いた。言葉では伝えられなくとも、態度で彼には気持ちが伝わってしまうだろう。

「私はお前がどんなバースでも、そして立場でも、愛している」

彼の熱を持った吐息がセインの鼓膜を震わせる。刹那、セインの感情が固い殻《から》を割って爆発した。

「……っ、愛しているよ。私だって……。ずっと君を愛していた。アカデミー時代からずっと遊び慣れている振りをしていたが、実際、私は好きでもない相手と肌を重ねたりはしない」

「わかっているさ。お前は私としか寝ない一途で純粋《じゅんすい》な男だ。もちろん私もお前以外と寝ようなんて思ったこともない」

「嘘だ。あんなにもてていただろう」

「本当だ。私にはお前だけだ」

アルヴィスはそう言いながら、セインの頬に愛おしそうに唇を寄せた。

「私のすべてはお前のものだ、セイン」

「アルヴィス――」

呼べば、アルヴィスが返事の代わりにその唇をセインの頬から首筋へと滑らせる。セインは心休まるぬくもりの中で目を閉じ、躰をアルヴィスに預けた。

幸せを知っている――。

アルヴィスを愛したことで、セインは幸せを知ることができた。この幸せな想いは生きる上で必ず糧《かて》になる。だから、この幸せを手放してもきっと生きていけるだろう――。

アルヴィスとの本当の別れが近づいていることに、セインは気付いていた。溢れそうになる涙を堪えながら、セインは窓から顔を覗かせる月を見上げた。

今頃カミール王国にも同じ月が輝いているに違いない。

『お空を見ているの。僕の国のお空と同じだなぁって思って』

『空は繋《つな》がっているから、どこの国の空も一緒だよ』

昔、園遊会でアルヴィスと初めて会った時の会話を思い出す。

そうだ――。たとえこれからアルヴィスと離れて別々の道を歩んでも、空は繋がっているのだから、彼を感じることはいつでもできるはずだ。

セインはそう自分に言い聞かせた。


早朝、セインは朝靄《あさもや》の中、マスタニア王宮の広場へと出ていた。馬のいななきがあちらこちらで聞こえる。いよいよ国へ帰るのだ。

アルヴィスはいない。隣で寝ていた彼に気付かれないようそっとベッドから出てきたからだ。

馬車へ向かおうとすると、護衛騎士の一人が遠慮《えんりょ》がちに声を掛けてきた。

「殿下、そろそろ出発します。ですが、よろしいのですか？　マスタニア王国の王族の皆様にご挨拶《あいさつ》もなく……」

「構わない。昨夜のうちに済ませたからな」

早朝に出発することは告げていないが、マスタニアの国王にも、アルヴィスにも別れの挨拶はしているので後は去るだけだ。

セインは王宮を見上げた。数日だけの滞在だったが、今はとても懐かしく思える。気持ちの整理がつくまでもうはここに来ることはないと思うと、少し寂しくも感じた。すると王宮の門のところにダリルが立っているのに気づく。

「ダリル……」

セインが呼ぶと、ダリルがキッと睨みながらこちらにやってきた。

「どうした？　こんなに朝早くから」

「セイン殿下、僕があなたのことを嫌いなのはもうご存じだと思いますが——」

何事かと思えば、正面切ってそんなことを言ってくるダリルに苦笑するしかないが、昔から裏でこそこそする輩《やから》よりもずっと誠実で、ある意味扱いやすかった。

「その理由を教えます。僕は別にあなたがアルヴィス殿下の伴侶になることに反対はしていません」

「そうなのか？」

それは初耳だ。てっきりアルヴィスとの仲の良さが気に入らないのかと思っていた。

「あなたはアルヴィス殿下に愛されることがどんなに凄くて、尊いものなのかまったく理解されていないから、腹が立っているのです。いつも当たり前のようにアルヴィス殿下の愛情を受け取られていますが、実際、当たり前のものは何一つないのです。その価値をわかっていないあなたに、僕はいつも腹が立っていた」

「ダリル……」

ダリルの言っていることは事実だ。実際その通りだから言い訳のしようがなかった。

そう、何一つ、当たり前のものはなかったのだ――。

刹那、セインの胸が疼《うず》く。アルヴィスが愛しくて、愛しくて堪らなかった。だがここで泣くわけにはいかずに踏ん張った。

「それだけです。あと、きっと殿下は気付いていない振りをしているだけで、あなたが出発することをご存じでしょう」

それもわかっていた。だがセインこそ、その彼の想いに気付かない振りをして出発しようとしていただけだ。

「知っている。私のことを気遣って彼が寝た振りをしてくれているのは知っている――」

セインはアルヴィスがまだベッドにいるだろう部屋を見上げたが、人影は見えなかった。

「ありがとう、ダリル。アルヴィスをこれからも支えてやってくれ」

セインはダリルに礼を言い、馬車へと乗り込んだのだった。

◆ Ⅷ ◆

「兄上、よろしいですか？」

セインが決裁の必要な書類に目を通していると、レザックが執務室に顔を出した。レザックは昨日、カミール王国国境近くに出た魔獣討伐《とうばつ》を成功させ、王宮に戻ってきていた。

セインがマスタニア王国から戻って既に二か月が経《た》っており、季節も夏に変わっている。

あれからアルヴィスがセインの私室に転移してくることはなく、顔を合わせることもなかった。ただ事件の顛末《てんまつ》だけは関わったセインにも知らせなければならないと思ったのか、何通かの手紙が届いている。

マスタニア王国の一連の事件は、表向きは第二王子カレウスが魔道具の研究の途中で事故死したことにし、国を挙げての盛大な告別式を行ったとのことだった。そして裏では、聖教会所属の司教が独断で軍の一部の騎士と魔法省の数名の魔法師を巻き込み、第二王子カレウスを旗印として反乱を起こしたということにしたらしい。あくまでも主犯格はカレウスではなく、司教ということになっていた。

とても『独断』で一介《いっかい》の司教がそんな大それたことを企てたとは思えないが、聖教会のことだ。トカゲの尻尾切りと同じで、適当な司教を切り捨てたに違いなかった。

聖教会側もマスタニア王国側も、今は敵対するのを避けたかったのだろう。そのため王国側は聖教会の言い分に騙《だま》された振りをしたようだ。今から王国を復興させていく上で、聖教会と不仲ではかなりの痛手になるからだ。

だが真実はカレウスが身分と金品で靡《なび》く聖教会と軍部の人間、そして魔法師に声を掛け、自分が国王になれるよう、アルヴィスの命を狙《ねら》っていたことに間違いないようだった。

そしてこの一年、罪をなすりつけられていた『聖なる光の民』とは完全に和解したとのことだった。和解の象徴《しょうちょう》として幹部の一人であるハーシェイを解放して、来年から魔法力もバースや出自とより同等に評価することにしたと書かれてあった。

マスタニア王国が、また一歩平和で安定した国へと進んだようだ。

ちなみにマークレイ侯爵がカルディナル司祭の死体を王宮で見つけたのは、『王宮に司祭の死体がある』という匿名《とくめい》の内部告発があったかららしい。たぶんカレウスが告発をしたのだろうが、侯爵はただ巻き込まれただけだったようだ。

「そういえば兄上、リシェルとクライヴ殿の新婚旅行を邪魔しに出掛けたそうですね」

レザックが激務に追われているセインを見兼ねて、机から床に滑《すべ》り落《お》ちた書類を拾い集めながら、話し掛けてきた。

「邪魔なんてしていない。ちょっとリシェルを吸いに行っただけだ」

そう答えると、呆《あき》れた目つきでレザックが見つめてくる。実はリシェルを狙った事件も片付き、リシェルとクライヴは二回目の新婚旅行へと出掛けていた。

そんな中、憂《う》さ晴らしにクライヴに意地悪をしてやろうと、先日、彼らが立ち寄る予定だったカミール王国の第三の都市であるダルトまで足を延ばしたのだ。

そしてクライヴに嫌みをいっぱい言って、更にリシェルとダンスまでして、気持ちをすっきりさせ気力満点で帰ってきた。

「まったく……そろそろ本当にリシェルに嫌われますよ」

「う……き、嫌われる?」

書類にサインしていた手が止まる。

「ええ、リシェルはクライヴ殿が好きなんですから、そのクライヴ殿をチクチク苛《いじ》める兄上を、嫌うに決まっているじゃないですか……え? 兄上?」

「レザック……お前は私の息の根を止めに来たのか……?」

リシェルに嫌がられる様子を想像しただけで、セインの心臓が動くのを止めそうになった。

「い……いいえ、事実を言ったまで、です……」

「ああ～、もう嫌だ。仕事なんてしたくない。可愛《かわい》い弟のレザックに苛められたら、兄さんはもう生きていく自信がない」

セインは紙とペンを放り投げて、机に突っ伏す。

「兄上〜っ」

レザックの心配してくれる様子に、セインの傷ついた心が癒《いや》された。こうやって可愛い弟たちに、多少我《わ》が儘《まま》を言っても許される優しく幸せに満ちた生活を続けていけば、いつかきっとアルヴィスとのことも、思い出の一つとして胸の中に落ち着いていくだろう。

「レザック、お前の結婚相手も私がチェックするからな」

「まだ当分結婚の予定はないですよ。それにもしそんな相手ができても兄上にチェックされたら、結婚できるものもできなくなりますから、遠慮《えんりょ》いたします」

「レザック、兄さんに少し冷たくなったんじゃないか〜？」

横に立つレザックの腰に抱き着き、ウソ泣きをするが、優しいレザックはそれを振り払うことなく、笑ってセインを嗜《たしな》めた。

「兄上、どこかの酔っ払いと同じレベルですよ」

「こんなに優しくて綺麗な酔っ払いはいないない」

「はいはい」

レザックが苦笑しながら返事をする。するとそこにノックの音と共に、侍従長が現れた。

「陛下のお越しです」

「え？」

セインは椅子から立ち上がり、何の知らせもなくやって来た父王を迎えに出た。こんなことは成人してからは初めてだ。何かあったのだろうかと、緊張しながら父の顔を見つめた。

「セイン、話は大体聞いた」

何の話だろうと内心首を傾《かし》げながら、父の言葉の続きを聞く。

「マスタニア王国の王子がここまでの覚悟があったとは……」

「は？」

「判断はお前に任せる。私はそれを認めるだけだ」

「はい？　あの、どういった話だったでしょうか？」

まったく父の話の内容が見えずセインが尋ねるも、父は笑うだけで身を翻《ひるがえ》し、部屋から出て行った。だがその父の背中越しに、黒い髪が見える。

あれ？　クライヴならリシェルと新婚旅行中だが……。

刹那《せつな》、赤い瞳がセインを捕らえたのがわかった。

「な……アルヴィス」

ここにはいるはずのない男が笑顔で立っている。見間違いかと思ってよく見たが、やはり満面の笑みを浮かべるアルヴィスだった。

「セイン、私はカミール王国に婿入《むこい》りするぞ」

「はい？」

セインが父との会話以上に意味がわからず呆然《ぼうぜん》としていると、あっと言う間にマスタニア王国から来た大勢の従者がアルヴィスの後ろへと整列した。

「マスタニア王国第一王子、アルヴィス・ザクト・ラティスは、カミール王国王太子、セイン・ハリー・ローデライトに婿入りすることをここに宣言する」

「はあ〜っ⁉」

出したことがないような大声が出てしまう。隣ではレザックが笑って小さな声で呟いた。

「とうとう暴挙に出られたか、アルヴィス殿下……」

レザックの声に、セインは視線を弟とアルヴィスとに何度も行き来させる。

「ちょっと待て、どういうことだ？　説明しろ、アルヴィス！　宣言ってなんだ？」

「そのままだ。婿入りする準備をこの二か月でしてきた」

胸を張って言われる。

「は？　理解がついていかないんだが？」

「これからの国の法律の基礎《きそ》作りをした上に、父上を説得して第三王子を王太子候補にしてもらうのに、二か月ほど時間がかかってしまった。以前、お前に話したかと思うが、第三王子のジュリアンはアルファの力も強いし、何をやらせても優秀な弟だ。安心して王太子を任せられる。セイン、待たせたと思うが、これでも頑張ったんだ。褒《ほ》めてくれ」

「褒めてくれ……って……」

確かにそんな大変なことをたった二か月で済ませてきたアルヴィスの手腕には驚くところだが、それがセインとの婚姻《こんいん》に繋《つな》がることに、しかも次期国王候補ナンバーワンだったのにそれを捨ててカミール王国にやってくることに、理解が追い付かない。

「婿入りといっても、喪中《もちゅう》でもあるから、喪が明けてからの結婚になるが、王太子妃教育というのがあるんだろう？　喪中はその教育を受ける期間に充《あ》てればちょうどいい」

「な……君は、何てことをしたんだ！　一国の国王になるべき男なのに……そんなまさか私のために……」

「お前のために、じゃない。私のためだ。お前と伴侶《はんりょ》になれなければ、私は死んだも同然だ。私は自分のためにお前のところへ来たんだ。お前が悔《く》やむ必要は何もない」

アルヴィスがゆっくりとセインに近づいてきた。

「セイン、うだうだ理由を重ねて私から逃げるのは、もうおしまいだ」

アルヴィスの手がセインへと伸ばされる。

「莫迦《ばか》か！　何故そんなことを……」

アルヴィスの手が震えるセインの手を摑んだ。それでやっとセインは大きく息を吐いた。緊張が解《ほぐ》れたようなその感じに、帰国してからずっと自分が知らないうちに無理をしていたことにセインは気付く。

本当はアルヴィスが恋しかったのだ。だが無理をしてそれを忘れようとしていた。

「アルヴィス……君は莫迦だ……」

「ああ、私は莫迦かもしれないな。だが大切なものが何かは知っている。それが一番重要なことだ」

「莫迦すぎる……」

「莫迦は嫌いか？」

「っ……」

セインのスミレ色の瞳にみるみるうちに涙が溜まったかと思うと、一筋、頬を滑《すべ》り落《お》ちる。

「私は君に自分を大切にしてほしかったんだ。私を選ぶことは、絶対にしてほしくなかった……なのに……」

ふと、セインの唇に、アルヴィスの唇が触れるか触れないかくらいの距離に近づいた。

「セイン……お前は私の『運命のつがい』だ」

そう囁いてセインの唇を軽く啄《ついば》む。

「……私はオメガではないぞ？　運命のつがいはアルファとオメガの対《つい》に対して使う言葉だ」

「ああ、そうかもしれないが、お前の弟が『黄金のオメガ』に覚醒《かくせい》したから、その子が次の王となるんだろう？　なら、お前はアルファなのにアルファの私と最初から結ばれる運命だったんだ。それこそ『運命のつがい』に違いなかった」

アルヴィスの言葉に、セインの瞳からぽろぽろと涙が零《こぼ》れ落《お》ちる。それこそ止められなかった。仕方なく強引に手の甲で涙を拭《ぬぐ》って、くしゃくしゃの笑みを浮かべる。

「強引すぎるぞ、アルヴィス」

「はは、私たちらしいじゃないか」

アルヴィスが笑いながらセインの涙を唇で掬《すく》った。

「確かに」

セインはそう言うと、自分からアルヴィスに深いキスを求めた。途端、周囲から拍手が沸《わ》き起《お》こる。それでその場に大勢の人間がいることを思い出し、セインは顔が真っ赤になった。

「な……」

「兄上、おめでとうございます」

「あ……あ……」

セインが動揺していると、アルヴィスが『こんな可愛い顔を誰にも見せるな』と言ってセインを抱き上げ、勝手知ったるよその王宮とばかりに、セインの私室へと連れ去ったのである。

私室に入るや否《いな》や、寝室に連れ込まれ、ベッドに下ろされた。

「ということで、今回の事件は取り敢《あ》えず片付いた。次はお前との約束を果たす番だ」

「約束？」

アルヴィスと何か約束などしただろうか……？

セインは首を傾《かし》げた。するとアルヴィスがにやりと人の悪い笑みを浮かべる。

「……『私に愛を告げたいなら、今回の事件、きちんと始末をつけろ。失敗するな』……だったかな？」

いきなり何となく覚えのある言葉を口にされる。

言ったような気がする――！

セインの記憶が鮮明になるにつれ、ドッ、ドッ、と心臓が激しく鼓動した。

「セイン」

「な、なんだ」

情けなくも声が上擦《うわず》ってしまう。

「私がカレウスの研究塔へ向かう前に、お前の顔を見に寄った時に、そう言ったよな？」

二か月前の話だ。惚《とぼ》けても怪しまれずに済むかもしれない。

「言ったか？　あまり覚えていないな」

「そうか？『無事に解決したら、君の世迷《よま》い言《ごと》を聞いてやる』とも言ったが？　忘れた振りをするとは、ずるいな、セイン」

「う……」

逃げ道を徐々に塞《ふさ》がれていく気分だ。

「建国祭で。お前に衣装をプレゼントしただろう?」

「ああ……」

最初に襲撃騒ぎがあった時の話だろう。事件を解決して戻ってきたら、セインの衣装が用意されていた。セインのスミレ色の瞳と同じ色のフロックコートは質がいいもので、短期間では作れないほど手の込んだものだった。あれはやはりアルヴィスからのプレゼントだったのだ。

「礼がまだだったな。ありがとう。大切にまた着させてもらうよ」

アルヴィスの言いたいことが何となくわかってきたが、気付かない振りをして笑顔で礼を口にして、遠巻きに牽制《けんせい》した。だがアルヴィスはそんな牽制にまったく怯《ひる》むことなく、大きく溜息を吐《つ》いて、更にセインの逃げ道を塞いでくる。

「はぁ……セイン、衣装を贈るなんて、着せて脱がせての下心があるに決まっているだろう?」

「私はリシェルやレザックに衣装をプレゼントしたことがあるが、そんな疚《やま》しい気持ちなど持っていなかったぞ」

「それは持っていないほうがいいな」

彼がベッドに座るセインの隣へ腰掛けた。そしてシーツの上に置かれたセインの指にそっと触れてくる。

「アルヴィス」

咎《とが》める音色で彼の名前を呼ぶが、彼の指がセインの指から離れることはない。

「無事に解決したら、私の話を聞いてくれると約束しただろう」

「したが……」

いつもは理路整然と話をするセインだが、アルヴィスとだけは、どうしてかそういう訳にはいかなかった。

悔《くや》し紛《まぎ》れにアルヴィスを睨《にら》みつけると、彼がその視線に誘われるようにして唇を重ねてくる。そのキスから逃れるため顔を横に振るが、両頬に手を添えられ、より深くキスをされた。

「んっ……」

彼の舌が歯列を割り、口腔《こうこう》を丁寧に弄《いじ》ってくる。セインは舌を使って彼の舌を追い出そうとするが、逆に絡み付かれ、更に口づけを深くしてしまった。

久々に感じる彼の熱に、セインの躰《からだ》の奥に快楽の焔《ほのお》が灯《とも》り始《はじ》めるのを感じる。

「セイン……」

彼の唇がセインの頬からゆっくりと顎《あご》、そして首筋へと落ちていく。一方、彼の手はセインの胸に滑《すべ》り落《お》ち、そのままシャツのボタンを外された。途端、セインの躰の芯《しん》がキュッと収斂《しゅうれん》する。

「アルヴィス……」

思いがけず甘い声が出てしまった。自分がいかにこの男を求めていたか、改めて思い知らされる。するとアルヴィスが急にセインを押し倒した。

「アルヴィス!」

「自慢ではないが、私はお前に関しては本当に我慢が利《き》かないんだ。これでもよくもったほうだぞ、褒めてくれ」

「褒めるというか……君の力業には声も出ないぞ。よくも婿入りなどという暴挙に出たな。王太子の座をあっさり捨てるなんて……」

「捨てるなんて? 私を嫌うか?」

アルヴィスが優しく尋ねてくる。ここまでセインに尽くしてくれる男など、世界中探しても彼しかいないだろう。そしてセインが素直に自分の気持ちを伝えられるのも彼しかいなかった。

セインは目を伏せて、首を横に振る。

「いや、潔《いさぎよ》すぎて……惚《ほ》れ直《なお》した」

「セイン……」

彼が神にでも祈るような切実な声でセインの名前を呼びながら覆《おお》い被《かぶ》さってくる。同時に外されたシャツのボタンの合間から彼の手が滑り込んで来た。既にぷっくりと腫《は》れ上《あ》がったセインの敏感な乳首《ちくび》に彼の指が絡み、先端を軽く弾《はじ》かれる。

「あぁっ……」

ジュッと煮え滾《たぎ》ったように胸から広がるそれは、ずっとセインが待っていた熱だった。セインも目の前の男のシャツを脱がせ始めると、彼が笑ってセインが脱ぐのを手伝ってくれる。

そうやってお互いに脱がせ合い、一糸纏《まと》わぬ姿を窓から降り注ぐ太陽の光の下に晒《さら》した。アルヴィスのすらりとした筋肉がついた端整な躰がセインを組み敷く。セインもまた素肌のままベッドの上に横たわっているが、上からセインを見つめるアルヴィスは、まるで鋭い目をした猛禽類《もうきんるい》のようで、セインは狙われた小動物のような気分に陥《おちい》った。

「怖いぞ……アルヴィス」

セインの声に、アルヴィスの眉間《みけん》に皺《しわ》が寄り、そして苦笑する。

「私のほうが怖いぞ。お前に嫌われたらどうしようかと、心臓がドクドクと波打って、今にも破裂しそうだ」

彼の心臓に手を当てると、本当にその通りだった。

「心臓発作で死ぬなよ」

笑って冗談を言ってやる。

「死なないことを祈っていてくれ」

アルヴィスはセインの額に掠《かす》めるようなキスを落とした。それは重く甘い熱となって、じわりとセインの躰の隅々まで広がっていく。

「愛している。絶対にお前を放さない」

子供のように頑として言い張るアルヴィスにセインは自然と笑みを浮かべた。

これが最後だ――。

王立アカデミー卒業の前、そう決めて彼と肌を重ねた日が、まるで昨日のことのように思い出される。五年という歳月はセインにとって長く感じられるものだったが、アルヴィスを忘れるにはちょうといい長さだと思っていた。

だが、アルヴィスに再会した途端、一瞬で過去の恋情が蘇《よみがえ》り、セインを翻弄《ほんろう》した。彼に対する愛情を胸の奥底へと埋めてしまうには、長いと思っていた五年でも足りなかったのだ。

きっとそれは――――。

アルヴィスが言うように、本当に私たちは『運命のつがい』だったのかもしれない……。

「セイン、どうした？」

「いや、君が言う通り、私たちは『運命のつがい』だったのかもしれないなって、やっと思えてきたよ」

「そうだろう？　私はお前に会った時に、すぐに気付いていたぞ」

「……ありがとう、アルヴィス」

セインはアルヴィスの首に両手を回して、そのままキスをした。するとアルヴィスがセインの下半身に手を伸ばして軽く握ってきた。その刺激に、セインの躰の芯がキュッと縮まる。

「んっ……あ……」

アルヴィスはセインの下半身を緩急《かんきゅう》つけて扱《しご》きながら、ひとしきりキスを堪能《たんのう》すると、ゆっくりと唇を滑らせていった。彼の舌が唇から顎を伝い、喉を滑り落ちる。鎖骨《さこつ》の窪《くぼ》みに舌を這《は》わせ、ツッと胸元へと下がった。乳頭《にゅうとう》に舌が絡んできつく吸われると、甘い熱が下半身へと伝わって、セインの腰が揺れてしまう。次第に下肢《かし》から湿った音が聞こえ始めていた。

「もう……焦《じ》らすな」

「そんなことを言っても、しっかり解さないといけない」

アルヴィスは執拗《しつよう》に舐《な》めた乳首から舌を外すと、脇腹、臍《へそ》、そして下腹部へと唇での愛撫《あいぶ》を移していく。その間じゅう、ぞくぞくとした痺《しび》れがセインの中で暴れ回り、耐えがたい快楽に理性を奪われそうになっていた。やがて彼の唇が、セインの赤く染まり出した鈴口《すずぐち》に触れる。

「あぁあっ……」

まだ触れられただけだと言うのに、凄《すさ》まじい喜悦がセインの中で爆《は》ぜる。とても長くは耐えられそうにもなかった。

「もう勃《た》ち上《あ》がっているぞ」

アルヴィスがセインの下腹の辺りで話し掛けてくるが、その吐息がかかるだけでセインの屹《きっ》立《りつ》はピクピクとはしたなく反応してしまう。

「だから、焦らすなっ……」

「フフ……、こんな素晴らしい眺め、じっくりと見たくなるのは仕方がないだろう？　許せ」

アルヴィスは許せと言いながら、セインの太腿《ふともも》の付け根に唇を当て、軽く歯を立てた。

「あっ……」

甘い疼痛《とうつう》がセインの脊髄《せきずい》を駆け上がり、脳天を突き抜ける。アルヴィスを誘うかのように腰が艶《なま》めかしく揺れるのを、抑えることができなかった。

アルヴィスはセインの痴態《ちたい》を愉《たの》しんでいるのか、更にきわどい場所へと唇を移す。淡い茂みに顔を寄せられ、セインはどうしようもない羞恥《しゅうち》に襲われた。

「やめ……」

逃げようと腰を引くが、アルヴィスは逃さないとばかりにセインの膝裏を持ち上げ、両膝を彼の肩の上に担《かつ》ぎ上《あ》げる。秘部が彼の目の前に晒されるような体勢になってしまった。

「う……」

恥ずかしさに顔に熱が集まるのを自覚しながら熱で潤《うる》んだ目でアルヴィスを見上げれば、彼の鋭い双眸《そうぼう》とかち合う。

「アル……」

「セイン……お前、自分がどんな表情で私を見つめているかわかるか？」

「ど、どんな表情って……！」

みっともない顔であることはわかっているが、指摘されると羞恥が増す。

「そんな色っぽく蕩《とろ》けた顔を絶対他の人間に見せるな。お前のその顔は私だけのものだ」

「え……」

どうやらセインが思っていたのとは違うようだ。

「堪らないな。可愛すぎる、セイン……っ」

「どうして私が可愛いなどと……あぁっ……」

いきなり彼の唇がセインの敏感に腫《は》れ上《あ》がっている劣情の、ぎりぎり触れるか触れないかの際を足の付け根に沿って滑り落ち、臀部《でんぶ》へと移った。

彼の目的とする場所がわかってしまい、セインは慌てて腰を引くが、しっかりと両足を固定されてしまっているため、びくとも動かない。それどころか、双丘の狭間《はざま》に舌がするりと忍び込んだかと思うと、弾力のある生温かい感触がセインの蕾《つぼみ》を軽く突いてきた。

「んっ……」

すぐにちゅうっと音が出るほどきつく吸われる。

「ああぁっ……んっ……は……」

セインは待ちかねた快感に鳥肌が立った。アルヴィスの舌が隘路《あいろ》へと侵入し、内壁を捲《めく》るように舐め上げられる。

「ふうっ……ああっ……」

アルヴィスは歯と唇を使って、隘路だけでなく、ふっくらとしてきた蕾の際を甘噛みしたり、吸ったりして絶妙な刺激を与えてきた。痛いような痛くないような感覚は、やがて喜悦となってセインを猛襲する。

「あぁ……んっ……」

アルヴィスがセインの蜜部をぐっしょりと濡れるまで丁寧に口で解《ほぐ》すと、ようやくひくつく蕾に指を挿入《そうにゅう》させてきた。あまりの快感にセインは我慢できずに、その指をきつく締め付けてしまう。刹那《せつな》、凄絶《せいぜつ》な快感がセインの躰を駆け巡った。

「あぁぁあっ……」

耐えることもできず簡単に達《い》ってしまう。こんなに早く達かせられたことに、セインの矜持《きょうじ》が傷ついた。

「……信じられない」

「久々なんだ。仕方がないさ。私はお前の可愛い姿が意外と早く見られて嬉しいが？」

「アルヴィス、君のその冷静なところが嫌いなんだっ……大体、君、冷静すぎ……な……」

セインは思わず言葉を失ってしまった。なぜならアルヴィスの下半身が大変なことになっていたからだ。

「き、君……それ……」

「ああ、そうだ。さっきから耐えがたい我慢を強《し》いられている。私のどこが冷静だって？　お前が大切で傷つけたくない一心で、理性を総動員しているだけだが？」

大切で傷つけたくない、などと言われて、セインはどぎまぎした。誰でも好きな相手からそんなことを言われたら堪らない。だがモノがモノだった。

「な……君、それ……もう武器だから。殺傷能力が高そうだぞっ」

「武器じゃないし、殺傷能力なんてない。敢《あ》えて言うなら、お前を気持ちよくさせる健気《けなげ》な私の真心だ」

「どこが健気な真心だ。そんな可愛いことを言えるような大きさじゃないだろう！」

「大丈夫だ。アカデミーの時から大きさは変わっていないはずだ」

「な……」

過去の自分の凄さをこんな形で知ってしまう。

「いや、五年前は、私も若かったし……」

アルヴィスの下肢にぶら下がっている殺傷能力の高そうな物騒なものを、少しでも小さくしてもらいたい。

「真心は素直に受け止めるものだ」

途端、グチュグチュと蜜路を指で掻き混ぜられた。

「なっ……あぁ……」

セインが嬌声《きょうせい》を抑えられずにいると、アルヴィスは指を激しく左右に動かし、更にセインに声を上げさせる。

「あっ……もう……っ……はっ……」

快感の波に翻弄《ほんろう》されている間に、腰をさらに引き寄せられ高く持ち上げられた。

こんな無様な恰好《かっこう》をさせられているのに、何も言わず黙っているのは、相手がアルヴィスだからだ。彼だからこそ、セインは、心も躰もすべてを与えられるのだ。

「挿《い》れるぞ」

アルヴィスが我慢できない様子で告げてきた。

「もう早く挿れろ……っ……あ……」

熱く滾《たぎ》った激情が隘路を押し広げ、ゆっくりと入ってくる。一瞬、引き攣《つ》るような痛みを覚えたが、それもすぐに消え、溢れ出すような喜悦の波の中でセインは充足を感じた。

「セイン、愛している、世界で一番お前のことが大切で、この身をすべて捧《ささ》げるほど、お前のことを愛している――」

「何度も言うな。愛の安売りみたいじゃないか」

何度も愛を告げてくれるアルヴィスの頬に手を当て、笑ってやる。その手にアルヴィスが頬を預けながら、すっかり安心しきったような穏やかな笑みを浮かべていた。

「安売りじゃない。だが、お前だけには何度も言いたい。私の想いは何度言っても言い足りないからな」

愛している人が、愛していると言ってくれる奇跡――。

こんな奇跡が自分の身に起こるとは思ってもいなかった。すべてに感謝するしかない。

セインはアルヴィスから与えられるすべてを強く嚙み締めると、訳のわからないほどの幸福感で胸がいっぱいになった。堪らずその手を彼の背中に回してしがみ付く。

アルヴィスは私のものだ。誰にも渡したくない――。

奥の奥まで入り込んでくる彼の猛った楔《くさび》に翻弄《ほんろう》される。隘路をぴっちりと埋め尽くされ、どこか不安に揺れていた心が満たされていくのを感じた。

深く穿《うが》たれながらセインは指先でアルヴィスの唇をなぞった。すると彼がセインの指先を摑んで唇を寄せてくる。

「セイン――」

指先から躰が蕩けてしまいそうになるほどの甘い囁きにセインの下半身が疼《うず》き、その反動で中にあるアルヴィスをきつく締め付けてしまった。

「うっ……」

彼の色香の詰まった呻《うめ》き声《ごえ》にセインもまた煽《あお》られる。彼の顔を見つめれば、今まで見たことがないくらいの幸せそうな笑みを浮かべていた。

「アルヴィス……」

幸せで胸が締め付けられる。彼に全身を揺すられるたびに、幸せが心に満ちていくようだった。

淫靡《いんび》な痺れを全身に感じながらも、彼がもたらす安らぎにセインは静かに目を閉じて躰を任せる。するとアルヴィスは己《おのれ》の欲望を入口まで引き抜くと、一気にセインの最奥《さいおう》へと穿《うが》ってきた。

まだ奥があったのかとセインさえ知らないような場所にまで彼の猛々《たけだけ》しい楔《くさび》が侵入したかと思うと、セインの敏感な肉襞《にくひだ》を擦《こす》り上《あ》げ、掻き混ぜるようにしてグラインドさせてきた。

「あぁぁ……っ」

セインの下半身が淫猥《いんわい》な熱で重みを増す。

「あっ……く……あっ……」

アルヴィスの抽挿《ちゅうそう》が一層激しくなった。その激しいリズムに息が弾《はず》む。

「……ん……っ……」

セインの視界が一瞬にして真っ白になったかと思うと、次にふわりと浮遊感を覚えた。咄嗟《とっさ》に自分の中にあるアルヴィスを貪欲《どんよく》に締め付けてしまう。

あまりの喜悦に、セインの全身が震え上がった。

「あぁぁぁ……」

とうとうセインは白く濁《にご》った蜜を自分の下腹部だけでなく、アルヴィスの胸にも飛び散るほどの勢いでばら撒《ま》く。同時に腹の奥で熱い飛沫《ひまつ》が弾けるのも感じた。アルヴィスもセインの中で達したのだ。

どくどくと注ぎ込まれる熱い情欲にセインの躰も感応し、たった一つ、シンプルな想いだけが二人を結び付ける。

愛している——。

セインはアルヴィスの胸にしがみ付いた。彼の体温がじんわりとセインを包み込む。この腕の中がセインの楽園だった。

幸せはすぐ間近にある。セインの胸は焦《こ》がれて愛を強く訴《うった》えた。

「愛している——アルヴィス」

「私もだ。セイン、愛している、世界中の誰よりも——」

セインを抱く彼の腕にきゅっと力が入ったかと思うと、セインの額にキスを落とす。とても大切な宝物のように、そっと唇が触れてきた。胸に小鳥が羽ばたいたような擽《くすぐ》ったい感触が生まれ、セインは自然と笑みを浮かべた。

「なあ、アルヴィス、どうせならもう一回しないか?」

セインから回数をねだるのは初めてかもしれない。今までは変なプライドがあって言えなかった言葉だった。

「セイン、そんなことを言って後悔しないか?」

アルヴィスが悪戯《いたずら》っぽく尋ねてくるが、セインの返事を聞くまでもなく、彼の腰が動き出していた。

◆　エピローグ　◆

秋の柔らかな日差しの中、白に黄金細工で縁取《ふちど》りされた光り輝く八頭立ての馬車が、大勢の騎士を引き連れて大聖堂の前に停まる。カミール王国では国王か王太子だけに許される近衛騎《このえ》士団による婚礼のための長い隊列だった。

セインは美しく装飾された真っ白な礼服に身を包み、その馬車を迎えに出る。セインもまた国王か王太子が結婚する時にしか纏《まと》えない、金の刺繍《ししゅう》が全面に入った豪奢《ごうしゃ》な白いマントを纏い、それを翻《ひるがえ》した。

赤い絨毯《じゅうたん》が馬車の降り口まで伸びており、その脇には有力貴族の子弟らが並んでいる。各々《おのおの》花びらがいっぱい入った籠《かご》を持っており、花びらを手に掴み、空へと舞い散らせていた。

「ご結婚、おめでとうございます！」

大聖堂の広場の向こう側に歓声が沸《わ》く。

「セイン王太子殿下！」

お祝いに駆け付けてくれた臣民に向かって、セインはとびきりの笑顔を向けた。辺りは黄色い悲鳴に包まれる。

　そのままセインは馬車のドア横まで歩くと、馭者《ぎょしゃ》がタイミングよく馬車のドアを開けた。途端、先ほどの黄色い悲鳴と同様、もしくはそれ以上の大きな歓声が沸き起こる。

　馬車から純白の衣装にセインと同じように金の刺繍が施《ほどこ》してある豪華な礼服を来たアルヴィスが姿を現した。将来の王配に皆が一斉《いっせい》に歓喜する。

「アルヴィス殿下～っ！」

「ああ、なんて素敵なんでしょう」

　そんな声がセインの耳にも届く。正装したアルヴィスが恰好《かっこう》良すぎて、セインも見惚《みと》れるくらいなのでその声にも納得できた。

「どうした？　伴侶《はんりょ》殿」

　アルヴィスが艶《つや》めいた色香を含みながらセインに話し掛けてくる。あまりの色男ぶりにセインは柄《がら》にもなく頬を赤く染めてしまった。

「う……辺り構わず色気を振り撒《ま》くな」

　小声で文句を言いながら、馬車から下りるアルヴィスに手を差し伸べると、彼がその手を摑み、手の甲にキスをした。

「きゃぁぁあっ！」

　広間に大音声《だいおんじょう》の歓喜の叫びが轟《とどろ》く。もしかしたら興奮して倒れ込む人間もいたかもしれないが、セインは青筋を立てながらも笑顔を崩さなかった。

アルヴィス！　どうしてこんなところで、そういうことをするんだ！

視線で怒りを訴《うった》えても、アルヴィスは満面の笑みで観衆に手を振り応《こた》えている。どう見てもご機嫌で、はしゃいでいるようにも見えた。しかも何を思ったか、急にセインを抱き上げて頬にまでキスをしてくる。

「まあ、微笑《ほほえ》ましい。マスタニア王国の王子様、よほどセイン王太子と結婚できるのが嬉しいんだわ！」

「そりゃそうだろう。何しろ、自国の王太子になるところを辞退してまで、セイン王太子との結婚をお選びになったそうだ。今日の喜びもひとしおだろう」

観衆に温かい目で見守られている中、アルヴィスを殴ることもできず、セインはひたすら笑顔で耐えるしかない。セインはアルヴィスに抱かれたまま大聖堂の入り口まで進んだ。

リシェルの結婚式から一年半、まさか自分がこんな結婚式を挙げるとは思っていなかった。

「行こうか、セイン」

大聖堂の大きな入口の前でやっと彼の腕から下ろされて隣に立つ。お互いに見つめ合い、そして手を取り合った。

高らかなファンファーレが鳴り響く中、大きな両開きの扉が開くと同時に、大聖堂の中で座っていた招待客が一斉に立ち上がった。すぐにしんと静まり返る。

リシェルの時は座ったまま迎えたが、国王、王太子の結婚式となると、全員立って出迎えることになっていた。国王や王太子に対して、座って迎え入れることは非礼とされるからだ。

視線を正面に向けると、奥の祭壇《さいだん》の上部には大きな薔薇窓《ばらまど》があり、見事なステンドグラスが嵌《は》まっていた。その薔薇窓を背にして、一段高くなったところに国王が立っていた。

カミール王国では、貴族及びそれに準ずる者の結婚式は、国王もしくは国王の代理である大司教が立ち会うことになっている。特に王族の結婚の場合、国王自らが立ち会うことは珍しくなかった。

一歩中に入ると、独特の雰囲気が二人を包み込む。だれもが無言で二人を見つめる中、パイプオルガンの演奏が始まった。高い天井にパイプオルガンの音が荘厳《そうごん》に響く。

招待客の中には第一子を産んだばかりのリシェルはもちろん、クライヴやレザック、そしてアルヴィスの家族、マスタニア王国の国王、王妃、弟のジュリアン王太子、そしてなんとダリルもいた。皆が笑顔で迎えてくれる。

歴史を感じる音色と共に、セインとアルヴィスはゆっくりと国王がいる場所まで歩き、そして祭壇の前まで進むと、そのまま跪《ひざまず》いた。そこで招待客も一斉に座る。

静寂の中、セインは深呼吸をして誓願《せいがん》の言葉を口にした。

「我、セイン・ハリー・ローデライトは、本日、マスタニア王国の星辰《せいしん》、第一王子、アルヴィス・ザクト・ラティス王子との結婚を、大陸の神々、精霊、聖人に願いに参りました」

本来、結婚の誓願はアルファの役目とされているが、この度《たび》はアルファ同士の結婚ということで、婿入《むこい》りするアルヴィスも誓願を続けた。

「我、アルヴィス・ザクト・ラティスもまた、カミール王国の光、王太子、セイン・ハリー・ローデライト王子との結婚を、大陸の神々、精霊、聖人に願いに参りました」

アルヴィスの深く甘い声が大聖堂に凛《りん》と響く。

「我、カミール王国、第六十七代国王、クロード・グラン・ローデライトは、セイン・ハリー・ローデライト、並びにアルヴィス・ザクト・ラティスの婚姻の願いを大陸の神々、精霊、聖人と共に、受け入れる儀式をすることを、ここに宣言する」

国王の声に招待客が大きな拍手をし、立ち上がった。

「さあ、二人とも立ちなさい」

促《うなが》されて立ち上がると、大司教が台に指輪を乗せて恭《うやうや》しく差し出してきた。一センチほどの幅《はば》のプラチナのリングに精霊が産んだとされる希少な魔法石を嵌《は》め込《こ》んだものだ。アルヴィスの国で代々伝わってきた秘宝を、二人の結婚式の指輪に使ったので、とても値段がつけられるものではなかった。

そして指輪には慣例となっている古代文字で呪文が彫られており、こちらは二人に永遠の祝福の加護が与えられるものとなっている。実は呪文をリシェルとお揃《そろ》いにした。

事前にリシェルとレザックには報告したが、リシェルはとても喜んでくれ、レザックの時も同じ呪文にして、兄弟全員一緒にしようと言ってくれた。

「二人を祝福へと繋《つな》げる指輪の交換を――」

一応セインがこの国の王太子であり、次期国王でもあるので、まずはセインからアルヴィスの指に指輪を嵌めた。するりと嵌った指輪を見て、セインはこの男が自分の伴侶となったことを改めて実感する。

愛している――。

何度言っても足りないくらいに。

胸が熱くなり、涙が出そうになった。するとアルヴィスが小声で話し掛けてきた。

「そんな色っぽい顔をするな。ここで押し倒したくなる」

莫迦《ばか》なことを言われ、途端にセインの涙が引っ込む。

「き、君は――」

「フッ、涙が止まっただろう？　こんな大勢にお前の泣き顔を見せるなんて、そんなに私は心が広くないんだ。気を付けろ。それと、指輪、嬉しいよ」

アルヴィスは自分の指に嵌った指輪を、もう片方の手で愛《いと》おしそうに撫《な》でた。こんなに喜んでくれるなら、もっと早く、二人の絆《きずな》となるようなものをプレゼントすればよかったとセインは悔やんだ。

これからもアルヴィスを大切にしたい。そして守られるだけではなくて、彼を守っていきたい。

「セイン、手を出して」

今度はアルヴィスからセインの指に指輪を嵌めてくれた。嵌められた途端、何とも言えない充足感が胸に溢《あふ》れる。幸せがまるで指輪と連鎖《れんさ》して大きく膨《ふく》らむような気がした。お互いに見遣《や》って幸せを噛み締める。

彼と結婚できたことが今でも信じられないほどだった。

「大陸の神々、精霊、聖人の御名において宣誓を」

国王の声に、アルヴィスが姫に傅《かしず》く騎士のようにセインの前に跪いた。あまりにも美しい所作に、招待客から感嘆の溜息が零《こぼ》れる。

セインは王家に伝わる聖剣を鞘《さや》から抜き、跪くアルヴィスの肩に乗せた。

「我、セイン・ハリー・ローデライトは、汝《なんじ》、アルヴィス・ザクト・ラティスを心より求める」

セインは剣を鞘に戻すと、次はアルヴィスが声を上げる。

「我、アルヴィス・ザクト・ラティスも、汝、セイン・ハリー・ローデライトを心より求める」

アルヴィスはセインの手を取ると、その指先にキスをしながらセインを見つめてきた。セインの躰《からだ》が火がついたように熱くなる。視線を交わすだけで、肌を重ねているような気分になった。

「汝を慈《いつく》しみ」

アルヴィスは続けて手の甲に唇を滑《すべ》らせ、そして手首に口づける。

「敬愛し、共にいることを赦《ゆる》し給《たま》え」

「っ……」

最後は痕《あと》がつくほどきつく手首を吸われた。彼の徴《しるし》が躰に刻まれることを嫌悪しない、むしろ悦《よろこ》びを覚える自分も大概《たいがい》だ。

「我、セイン・ハリー・ローデライトは、汝、アルヴィス・ザクト・ラティスの望みを赦す」

声高々に答えると、アルヴィスが流れるような動作で立ち上がる。彼の洗練された動きに目を奪われているうちに、彼がセインの瞼《まぶた》へキスをする。

「順境においても逆境においても、この命消える間際まで――」

続けて頬へと唇を滑らせた。

「――汝を真摯《しんし》に愛し、守ることを大陸の神々、精霊、聖人の御前《みまえ》にて誓《ちか》う。どうか我に祝福を」

耳朶《じだ》に甘噛みをするようにしてキスを落とし、最後は耳許《みみもと》で囁いた。

反則だ。結婚式の誓願がこんなにも淫《みだ》らだとは知らなかった。いや、アルヴィスが相手だからこんなにも艶《あで》やかなものになるのだろうか。

セインは冷静さを保つために、脳内で軽く数字を数えながら儀式を続けた。アルヴィスの額に祝福のキスを贈る。

「大陸の神々、精霊、聖人からの祝福を、愛する汝に与えん」

そう囁き、今度はセインがアルヴィスの胸元に唇を寄せた。

「これは我が汝への愛を示す徴」

続いてアルヴィスもセインの胸元にキスをし、同じように囁く。

「これは我が汝への愛を示す徴」

二人で見つめ合う。これからは二人でこの国を支えていく。苦しいことも辛《つら》いこともあるだろう。だがアルヴィスと二人なら、どんなことも乗り越えて、幸せな国へと導いていけるだろうと確信していた。

お互いに笑みを浮かべ、そのまま唇を重ねた。国王の声が大聖堂に響き渡る。

「ここに二人が大陸の神々、精霊、聖人に祝福され、無事に婚姻《こんいん》を果たしたことを宣誓する」

一斉に拍手が沸き起こった。大聖堂の外から民衆の祝福の声が聞こえてくる中、二人は改めてキスをした。それは長い、長いキスだった——。

カミール王国にまた一つ、愛が生まれる。

あとがき
AFTERWORD
―ゆりの菜櫻―

こんにちは、または初めまして、ゆりの菜櫻《なお》です。今回は『黄金のオメガと蜜愛の偽装結婚』の第二弾、お兄ちゃん篇、長男のセイン王子のお話です。もちろん、この本だけでも楽しんでいただけますので、前作を御存じでない方も大丈夫です。

さて先にあとがきから読まれる方は、この先、要注意です。ネタバレしております。読まずに本作へお戻りください。メインの一つ謎解《なぞと》きのネタバレが少しあります～（笑）。

セイン。末弟のリシェル大好きお兄さんで、結婚できるのだろうかと、いささか心配しておりましたが、今作で無事に伴侶《はんりょ》を得ることができました。

最初、セインが末弟のリシェル離れができる過程も恋愛と一緒に描けたらいいなぁと、思ったんです。そこで前作のリシェルの誘拐《ゆうかい》事件の話にリンクさせてみようかと軽く考えた私だったのですが！　自分で自分の首を絞《し》めた話になりました（笑）。

もう時系列を揃《そろ》えるのが予想以上に大変でした。手書きの表をキーボードの横に置いて唸《うな》り続《つづ》けること数か月。何故かというと、前作、リシェルの事件が短期間で起きているので、それに合わせて、セインの動きも忙《せわ》しなくなり、タスクが増えすぎ、私の脳がキャパオーバー（汗）。ですがぐおおっと踏ん張って作り上げました。

恋愛と謎がメインの今作。登場人物が皆、怪しく思えていたら私的には成功です。誰が黒幕なのか、恋愛の行方《ゆくえ》を見守りながら、楽しんでいただけたら嬉しいです。

あ、あとアルヴィスの父、マスタニア王国の国王ですが、アルヴィスが本当に危険になったら、ちゃんと助けるつもりでいました。何と言っても隠密《おんみつ》の『王の眼』がいるし、自分自身も転移魔法が使える魔法師でもあるので、アルヴィスに任せっきりに見せておりましたが、きちんとアルヴィスやカレウスの動向を逐次《ちくじ》チェックし、最後の危機一髪には登場いたしました。

今回もイラストを描いてくださったカワイチハル先生。登場人物たちを本当に麗《うるわ》しいキャラにしてくださってありがとうございます。魅力が大大大・・大倍増しております。

更に担当様、今回もいろいろ『抜け』をフォローしていただかなければ、伏線回収も危うかったです。本当にありがとうございました。

そしてこの作品は、第一弾を読んでくださった皆様のお陰で、書くことができました。セインはもちろんのこと、リュゼも天国で恋人と一緒に、皆様に大感謝していることでしょう。本当にありがとうございました。

セインはこれから先、才能のある力強い伴侶を手に入れたので、マスタニア王国と友好の絆《きずな》を強くしながら善政を敷き、ますます平和で豊かなカミール王国にしていきます。

相変わらず大好きな弟たち、レザックとリシェルとわいわいしながら、そこに愛する伴侶や子供たちも加わり、笑い声の絶えないロイヤルファミリーになる予定です。

二回目の、新婚旅行

リシェルを狙《ねら》った事件も片付き、本日、リシェルとクライヴは王国内のリゾート地、レスタニア地方にある離宮に向けて王都を出発した。

二か月前、途中で取りやめになった新婚旅行のやり直しだ。

王都からレスタニアの地方都市のデルラまで、馬車で三日ほどの移動になる。早馬であれば一日、クライヴの瞬間移動の魔法を使えば、あっと言う間の到着となるが、護衛の兵士や侍従なども連れての旅だ。リシェルは前回と同様、馬車での旅を選んだ。

最初の夜は、前回と同じ商業都市ダルトで宿泊する予定だ。

「もうすっかり夏だね」

馬車から見える緑の景色に、リシェルは胸を躍《おど》らせた。

最初に新婚旅行に出たのは五月だった。あれから二か月、木々の緑も新緑の明るい緑から濃いものへと変わっている。何もかもきらきら光り、色とりどりの花々が咲き乱れる美しい季節が始まっていた。

「デルラには大きな湖があって、泳げるんだ。子供の頃、よく母上たちと出掛けたから、懐かしいな。って、クライヴ、さっきから黙って、どこか調子でも悪いのか？」

あまり話さないクライヴを訝《いぶか》しく思い、リシェルは隣に座る彼の顔を覗き込んだ。

「クライヴ？」

「あ、いや……すまない。ついリシェルに見惚《みと》れてしまって、胸がどきどきしているんだ」

「……どこの乙女《おとめ》だ」

思わず突っ込んでしまう。するとクライヴが情けない顔でこちらを見つめてきた。

「リシェルは私といて、どきどきしないのか？」

「え……？」

「え……って？」

クライヴが軽く驚く。

「あ……」

何となくリシェルの分《ぶ》が悪くなってきた。

「……そんなの、君とはアカデミーの時からずっと一緒だし、ほら、生徒総会だってよく遅くまで二人で準備したじゃないか。二人っきりなんて、前もよくあっただろう？」

「いや、二人で気持ちを確かめ合った後と前では、二人っきりの意味が全然違う気がするが？」

リシェルの手をクライヴがきゅっと握って見つめてくる。途端、リシェルの心臓が大きく爆《は》ぜた。

「う……クライヴ、こんなのずるい……。どきどきしているって言っているわりに、堂々と手を握ってくるなんて、反則だ」

「リシェルこそ、ずるいな。いつもそっけないのに、そんな可愛《かわい》い表情で私を誘惑するなんて……」

「クライヴ……」

彼の顔が近づき、リシェルもキスをするつもりで目を閉じようと……、

「っ！」

思いっきり目の前のクライヴの胸を両手で押し返した。その反動で彼が背中を馬車の壁にぶつける。

「痛っ……、どうした、リシェル？」

「ま、窓……」

「え？」

クライヴが振り返ると、窓からは申し訳なさそうな表情で護衛騎士が頭を下げた。同期だ。

クライヴは結婚後も近衛《このえ》騎士団に属するエリート騎士団、魔法騎士団に所属しているため、どうしても同期がクライヴの護衛をするという状況が発生する。

今回もそうで、たぶんあちらの騎士も同期ということもあって気軽に窓からこちらを覗いた

ら、二人がキスをしようとしたところに出くわしたのだろう。向こうもおたおたして慌ててジェスチャーで謝ってくる。クライヴが行儀悪く舌打ちをした。

「マリウスめ……」

マリウスという名前らしい騎士をクライヴは窓越しに睨《にら》み、そのまま馬車の窓にかかっているカーテンを荒々しく閉めた。

「あいつめ、今度、模擬《もぎ》試合の時に、しっかり鍛《きた》えてやらないとな……フフ」

「クライヴ、オーラが黒いぞ」

「邪魔をしたあいつが悪い。それ相応の仕返しはしてやるさ」

そう言いながら、ちゃっかりリシェルの唇にチュッとキスをしてきた。

「もう、クライヴ、ここではキス禁止だ。カーテンを開けろよ。閉めていたら、余計に変に勘《かん》繰《ぐ》られるだろう?」

リシェルは立ち上がり、クライヴが今閉めたカーテンを開ける。すぐにマリウスと目が合った。

マリウスはまさか王子自らカーテンを開けるとは思っていなかったようで、動揺して馬から落ちそうになるが、どうにか踏ん張って落馬を回避していた。

そんな護衛の姿を見て、リシェルは小さく咳払《せきばら》いをして、気持ちを切り替えた。

「クライヴ、トランプをするぞ。そうすればダルトまでの時間を健全にすごすことができるだろう？」

「トランプ？」

クライヴが首を傾《かし》げる。だがそれを無視して半《なか》ば強制的に『ばばぬき』ならぬ『王太后抜き《おうたいごうぬき》』を始めた。そして何回かするうちに、リシェルは一つのことに気が付く。二人の勝ち負けのバランスが良すぎるのだ。まるで計算されているように、だ。

「上がりだ」

十回目、クライヴが最後の二枚の絵柄を揃《そろ》えて、終了する。ちょうど五勝五敗となった。それからも何回か『王太后抜き』をしたのだが、リシェルが二回勝てば、次はクライヴが二回勝つというような感じで、勝敗がどちらか一方に偏《かたよ》らない感じになっていた。

「クライヴ……」

「何だ？」

「これ、二人しかいないから、どちらかが『王太后』を持っているんだけど……クライヴ、どうして僕の『王太后』がどこにあるかわかるんだ？」

先ほどからリシェルに『王太后』が回って来ると、クライヴは最初のうちは適当にそれを引いたり引かなかったりする。だがカードの枚数が少なくなってそろそろ二人の勝敗がわかるような状況になった途端、まるでどこに『王太后』があるか知っているような感じでカードを選び、勝敗をコントロールしているように見えるのだ。

「え？　わかる訳ないだろう？」

クライヴが笑みを浮かべた。だがリシェルは容赦《ようしゃ》なく突っ込んだ。

「嘘を吐《つ》くのは嫌いだぞ、クライヴ」

そう言ってやると、彼の笑みが苦笑に変わった。

「はは……バレたか。やはりリシェルを欺《あざむ》くのは難しいな。その……君の仕草や目の動きなど見ていたら、すぐに『王太后』がどこにあるのかわかるんだ。ずっとリシェルを見つめているからさ」

「そ……そんなに見るなよ」

「可愛いリシェルの動きを一瞬たりとも見逃《みのが》すものか。まあ、そういう意味で、このゲームは私のほうが有利かな。普段から君のことをずっと見ているからな」

「な……」

リシェルの首から上に熱が集まり、真っ赤になる。

「君、僕が恥ずかしがるのを、絶対楽しんでいるだろう？」

「君といるだけで楽しんでいるが？」

リシェルの結婚指輪が嵌《はま》った指に、クライヴが唇を寄せた。そこからじわりと甘い熱が広がる。

ちらりと視線を車窓へ向けるが、誰も見えなかった。たぶん護衛騎士たちも気を遣《つか》って、見える位置から外れたのだろう。それはそれで気が引ける。でも――。

でも、本当はリシェルもクライヴの体温を感じながら座っていたかった。

リシェルは、ことんとクライヴの肩に自分の頭を乗せた。

「え……リシェル」

人のことを散々動揺させるのに、こんなことでどぎまぎしているクライヴが可愛く思える。愛、故《ゆえ》か。

「クライヴ、馬車の中でのスキンシップは肩に頭を乗せるまでにしよう」

「……ああ、だが、これはこれで、なかなか私の心臓に悪いぞ」

彼の吐息がつむじに当たるのを感じながら、リシェルは満たされる幸せに目を閉じた。


王都から北に馬車で六時間ほど走ると、カミール王国の第三の都市であるダルト市に到着する。

今回も二か月前と同じく、ダルトン子爵が宿として屋敷の一部を提供して歓迎の宴《うたげ》を催《もよお》してくれた。

クラバットを留めるブローチに、リシェルはクライヴの瞳の色、青のサファイアを、クライヴはリシェルの瞳と同じ色のエメラルドをつけている。

二人の指には結婚指輪も嵌っているが、今は白の手袋で隠れていて見ることができない。だが、二人の仲睦《なかむつ》まじい様子は傍《はた》から見てもわかった。

「お互いの瞳の色のブローチをお付けになっているなんて、本当に仲がよろしいことですわ」

「両殿下を妬《ねた》む輩《やから》が事件を起こしたと聞いて、一時はどうなるかと思いましたが、こうやってお二方の笑顔を拝見するだけで、我々も幸せな気分になりますなぁ」

「黄金のオメガは我が国の宝ですからな。カミール王国の益々《ますます》の繁栄《はんえい》を願わずにはいられませんな」

「そろそろ両殿下がダンスをされますわよ」

楽団による演奏が始まると、リシェルはクライヴとボールルームの中央へと進み、ダンスを始めた。

王族が出席しているときは、王族がダンスを始めるまでは、他の貴族は踊ってはならないという慣習があるため、まずはリシェルとクライヴが踊らないといけない。

二人で踊り始めると、すぐに他の招待客らがダンスをし始めた。

豪奢《ごうしゃ》なシャンデリアの灯《あか》りが着飾った紳士淑女を照らしている。彼らの衣装も煌《きら》びやかで、ダンスでターンをするたびに、シャンデリアの灯りに反射して、まるで宝石箱がひっくり返ったかのようにきらきらと輝いていた。

「クライヴ、君とこうやって何度もダンスができるのも、結婚したお陰かな」

「ああ、君が私をつがいに選んでくれたお陰だ。結婚する前は、君をどうやってダンスに誘おうかで、私は苦労したよ。結局、成功したのは、アカデミーの卒業の時のダンスだけだったしな」

「え……」

あの時はファーストダンスの相手を決めるのが大変で、いっそのこと二人で踊れば問題ないんじゃないかという理由でリシェルはいきなりクライヴに引っ張られ、踊ることになったのを思い出す。

当時、これがクライヴと一緒に踊れる、最初で最後のダンスだと思って、リシェルにとっては切ない思い出となったダンスだった。

「もしかして、ずっとクライヴは僕とダンスを踊りたかったのか？」

「機会あればと狙っていたさ。だが誘う理由が見つからなくて、いつも悔《くや》しい思いをしていた。健気《けなげ》だろう？　ずっとリシェル一筋なんだからな」

そんなことをクライヴが考えていたなんて、思ってもいなかった。リシェルもいつからかは定かではないが、気付いたらずっとクライヴに片思いしていたので、本当にアカデミー時代を無駄にすごしてしまったと後悔するしかない。

「……僕だってずっと君が好きだったよ」

「嬉しいな」

クライヴがそっとリシェルの耳元で囁く。リシェルが、耳が弱いと知っての行動だから、本当に意地悪だ。

「クライヴ」

諫《いさ》めるために彼の名前を口にするが、クライヴは幸せそうに笑うだけだった。こうなるとリシェルは彼に何も言えない。彼が幸せでいてくれることがリシェルの一番の願いだからだ。

曲がクライマックスに向かって盛り上がってくる。するとリシェルの手を握っていたクライヴの手がふっと離れる。同時に腰に回っていたもう一方の手に力が入った。え？　と思った瞬間、リシェルはクライヴに抱きかかえられていた。いわゆるお姫様抱っこだ。

「なっ……」

突然のことに驚きを隠せないリシェルの頬に、クライヴが唇を寄せた。途端、周囲から大きな拍手が沸《わ》き起《お》こる。

「改めてご結婚おめでとうございます。両殿下」

「うっ……」

「わたくしどもにも幸せをお裾分《すそわ》けくださり、ありがとうございます！」

「あ……」

「お幸せに！」

「わ……」

あまりのことで、リシェルの口からは一音しか出せない。そんなリシェルを抱きかかえながら、クライヴは皆からの声に笑顔で応えている。

確かに新婚二か月だ。これくらいのはしゃぎようは許容範囲なのだろうか。皆が笑顔で祝福の拍手を送ってくれる。

「クライヴ……君、どうしてこんな恥ずかしいことを……」

責める相手はクライヴしかいない。

「すまない、リシェルと踊れることが嬉しくて我慢ができなかった」

「うわ……」

クライヴからそんなことを言われ、リシェルの顔に熱が集まる。真っ赤に染まった顔を誰にも見られたくなく、リシェルは顔を両手で隠すしかなかった。もういっそここで意識を失って退場したい。

「おや、クライヴ殿、リシェルが恥ずかしがっているではないか」

ん？

どこかで聞いたことがあるような声に、リシェルは反応した。知っている声であるが、ここに彼がいるはずがない。だが、

「リシェル、ほら、私の腕に摑まりなさい」

「兄上っ⁉」

そこにはカミール王国、王太子であり、リシェルの長兄、セインが立っていた。リシェルをクライヴの腕から下ろさせ、爽《さわ》やかな笑みを浮かべている。

「ど……どうして兄上がここに？」

リシェルが兄に問いかけていると、頭上から小さな舌打ちが聞こえた。クライヴだ。兄には聞こえないと思うが、リシェルの背筋に冷や汗が流れる。兄とクライヴはどうしてか時々仲が悪かった。

「たまたまこの町に用事があってね。そうしたらリシェルたちの歓迎パーティーがあるって耳に入って、つい顔を出してしまったんだよ」

たまたまではないことは、リシェルもクライヴもわかっていたが、それに突っ込むのはやめた。どうせ言い負かされる。

「ダルトン子爵、先触れもなく急に来てしまって、申し訳ないな」

「いえ、王太子殿下にお越しいただけるとは、まことに光栄でございます」

兄の背後にはこの屋敷の主《あるじ》、ダルトン子爵が控えていた。兄は社交辞令の微笑《ほほえ》みを浮かべ、続いてクライヴに小声で話し掛ける。

「それはそうと、クライヴ殿。私の可愛いリシェルと踊って嬉しいのはわからないでもないが、少々浮かれすぎではないのかな？」

始まった――。

リシェルはこめかみに手を当てた。

「私のリシェルが可愛いのは当然ですが、リシェルの伴侶として、伴侶になれない義兄上殿《あにうえどの》に少し憐《あわ》れみ……いえ、気を遣うところではありました。お許しください」

「私に気を遣わなくてもいい。君は可愛い義弟でもあるからな。まあ、いつまで義弟なのかわからないが」

「一生ですよ、義兄上殿」

にっこり。

クライヴの笑顔が怖い。いや、兄上の笑顔も怖い……。

兄もクライヴも笑顔なので、傍からは歓談しているようにしか見えない。兄の背後にいるダルトン子爵も、この二人の冷え冷えした会話が聞こえないようで、笑みを浮かべている。

リシェルは内心、冷や冷やしながら兄に小さな声で囁いた。

「兄上、ほらダルトン子爵の御令嬢とダンスを踊ってきてください。御令嬢があちらでお待ちですよ」

「……リシェルと踊りたい」

むすっとした顔で兄が呟く。いつもはスマートで理想の王太子とされる男のする表情ではなかった。

「我《わ》が儘《まま》は駄目です、兄上。急な来訪だったんですから、ホストの御令嬢と一番に踊るのが礼儀というものですよ」

「リシェルに礼儀を教えられるとは、お前ももう大人になったんだな。兄は悲しいよ。昔は私の後をいつも追ってくれたのに……」

兄がしょんぼりとした様子でそんなことを話し出すので、リシェルが兄の手を取ろうとした時だった。後ろからクライヴに抱き締められる。

「え？　クライヴ？」

クライヴを見上げるが、彼は兄をしっかり見つめ、笑顔で答えた。

「ええ、リシェルは身も心もすっかり大人になりましたので、もう義兄上殿はご心配なさらず、ご自身の伴侶選びに専念してください」

「な……」

兄がショックで固まってしまう。こうなると兄が一段と面倒臭《めんどうくさ》い男になってしまうのは、長年の付き合いでリシェルにはしっかりわかっていた。

「兄上、ほら、御令嬢が……」

「うぅ……リシェル、今夜、一度は踊ってくれよ」

「仕方ないですね、後で踊りますよ、兄上」

「リシェル！」

今度はクライヴが驚いたようにリシェルを見つめてきたが、そんなクライヴにもリシェルは言葉を付け足した。

「クライヴ、君とはいつも踊っているだろう？　一度くらい兄上と踊ってもいいだろう？」

「う、リシェル……」

リシェルが自ら兄と踊ると言うとは思っていなかったようで、クライヴがショックで顔色を変えているのを見て苦笑するしかない。だが、この二人の仲を取り持つのはリシェルの役目なので、こうやって折り合いをつけるしかなかった。

兄はリシェルのクライヴに対する対応で溜飲《りゅういん》が下がったようで、クライヴをフンと鼻で笑うと、ダルトン子爵の令嬢のほうへと歩いていった。

未《いま》だリシェルを背後から抱き締めるクライヴが小さく唸《うな》る。

「くぅ～、リシェル、今夜は覚悟しておいてくれ」

「え？」

「リシェルをたっぷり補給しないと、義兄上に優しくなれない」

「はあ⁉」

一難去ってまた一難とはこのことだ。

だが本当はリシェルもまたクライヴの熱をいつだって欲しいので、一難とは言い難《がた》いのも確かだった。

「……お手柔《てやわ》らかに頼むよ」

そうクライヴの耳元に囁くと、彼の耳が赤くなった。

そして翌朝、リシェルはベッドから起き上がることができず、しかも回復魔法でも事足りず、このダルト市にもう一泊する羽目になるのである——。

この本を読んでのご意見、ご感想などをお寄せください。

ゆりの菜櫻先生・カワイチハル先生へのはげましのおたよりもお待ちしております。

〒113-0024　東京都文京区西片2-19-18　新書館
[編集部へのご意見・ご感想] 小説ディアプラス編集部「黄金のアルファと禁断の求愛結婚」係
[先生方へのおたより] 小説ディアプラス編集部気付　〇〇先生

- 初出 -
黄金のアルファと禁断の求愛結婚：書き下ろし
二回目の、新婚旅行：小説DEAR+23年ハル号（vol.89）

[おうごんのあるふぁときんだんのきゅうあいけっこん]
黄金のアルファと禁断の求愛結婚

著者：**ゆりの菜櫻** ゆりの・なお

初版発行：2024年2月25日

発行所：株式会社 新書館
[編集] 〒113-0024
東京都文京区西片2-19-18　電話（03）3811-2631
[営業] 〒174-0043
東京都板橋区坂下1-22-14　電話（03）5970-3840
[URL] https://www.shinshokan.co.jp/

印刷・製本：株式会社 光邦

ISBN978-4-403-52592-6
©Nao YURINO 2024 Printed in Japan

定価はカバーに表示してあります。乱丁・落丁本はお取替え致します。

無断転載・複製・アップロード・上映・上演・放送・商品化を禁じます。

この作品はフィクションです。実在の人物・団体・事件などにはいっさい関係ありません。